青樹佑夜

綾峰欄人画

サイコバスターズ 1

講談社

YA! ENTERTAINMENT

サイコバスターズ①

青樹佑夜

目次

プロローグ……4
1　幽霊《ゆうれい》少女……13
2　逃亡者《とうぼうしゃ》たち……49
3　3人のサイキック……92

4　サイキック・バトル……128
5　神に近い少年……179
6　万にひとつの奇跡《きせき》……232
ふたたびプロローグ……266
あとがき……273

※この物語はフィクションです。実在の人物・団体・場所とは関係ありません。

プロローグ

遠くで犬の鳴き声がしていた。

野犬にしては統率《とうそつ》のとれた吠《ほ》え方《かた》である。獲物《えもの》でも追いかけているかのようだ。

猟犬《りょうけん》だろうか。

しかし、時刻は深夜0時をまわっている。そんな夜中に犬を使った狩猟《しゅりょう》を行うはずがない。

犬を連れた何者かに追われているのは、獲物ではなく人間だった。

ザザザザッ。

暗闇《くらやみ》に、木の葉をけちらす音が駆《か》け抜《ぬ》ける。

谷に向かう斜面《しゃめん》を4つの人影《ひとかげ》が、野生の鹿《しか》のようにすばやく下ってくる。

彼《かれ》らは、月の光も届かない暗黒をものともせずに、ゆくてをさえぎる木々を、苦もなく縫《ぬ》って走りつづけていた。

枝を張った針葉樹が空をおおう漆黒《しっこく》の森である。懐中《かいちゅう》電灯なしには足元さえおぼつかない。

なのに彼《かれ》らが疾走《しっそう》できるのは、先頭を走る少年が的確に誘導《ゆうどう》しているからである。

彼は、闇《やみ》の中でも視力に頼《たよ》らずに障害物を察知していた。あたかも超音波《ちょうおんぱ》の反射を利用して闇夜に飛び回るコウモリさながらに。

ただ、彼の能力は超音波による感応ではなかった。

もっと不可解な、常識では説明のつかない超感覚が、彼には備わっていたのだ。

そしてそれがゆえに、彼は3人の仲間たちとともに逃亡《とうぼう》をよぎなくされていたのだった。

4人が、森の中を流れる谷川のほとりに差しかかったときだった。

「海人《カイト》、綾乃《あやの》、小龍《シャオロン》!」

3人をひきつれて走っていた少年が、ふいに足を止めていった。

「――右も左もダメだ。『ファーマー』がいる。1、2……6人だ。後ろからは犬をつれた追っ手が迫《せま》ってる。完全に囲まれたぞ」

「へっ、たかが6人くれーどうってコトねーだろーが、条威《ジョーイ》。オレが焼《や》き払《はら》ってやる」

先頭の条威と呼ばれた少年をおしのけて、長身の少年が前に立つ。そして見えない敵に憎《にく》しみをぶつけるかのように、あたりを見まわしながらギリリと歯を食いしばる。

彼《かれ》の憎悪《ぞうお》に呼応するように、周囲の枯《か》れ葉《は》がブスブスと煙《けむり》をあげはじめる。

彼もまた条威と呼ばれた少年と同じく、理解しがたい能力をもっていた。

憎悪や怒《いか》りなどの攻撃的《こうげきてき》感情を、炎《ほのお》に変える力である。

「やめて、海人！」

髪《かみ》の長い少女が、長身の少年の腕《うで》をつかんだ。

「――殺しちゃダメ。いくら相手がファーマーでも」

少女は、左右の瞳《ひとみ》の色がちがっていた。右目は奥深《おくぶか》い憂《うれ》いをたたえた黒だが、左目は青みがかったグレーだ。右目は日本人である母親から、左目はドイツ人の父親から受けついだのだろうと、本人は思っている。

そして自分のもつ不思議な力は、この少し変わった容貌《ようぼう》となんらかの関《かか》わりがあるようにも感じていた。

「でもよ、綾乃。このままじゃ、『グリーンハウス』に逆もどりだぜ。つかまりゃ、二度と外にでるチャンスはねーぞ？」

「だからって……」

「待って。いい争ってるヒマ、ないよ」

他《ほか》の3人よりは2つ3つ年下らしき少年が、口をはさんだ。少年の言葉には独特の訛《なま》りがあった。それは彼《かれ》の父親が、中国人であることが理由だった。

「——条威さんにきこう。彼なら知っているはずさ」

「小龍のいう通りよ。ねっ、そうしよ？」

綾乃は、海人に同意を促《うなが》す。

「ちっ、どうなんだよ、条威？」

集まる視線から逃《に》げるように目をそらし、条威は答えにくそうにつぶやいた。

「飛びこむんだ、この谷川に」

見下ろした谷は、川面《かわも》まで10メートル近くあった。

「マジでいってんのか？　保証はあるんだろうな、助かるって！」

海人が条威の胸《むな》ぐらをつかんだ。

「心配するな、海人。必ずみんな助かる。オレが保証する」

「信じようよ、条威さんを。これまでだって、そうしてきたんだから」

小龍の言葉に、海人は条威から手を離《はな》して、

「上等だ。そんかわし、オレが死にかけたら、なにがなんでもお前が助けろよ、小龍。お前なら

できるはずだ。そうだろ？」

それが、小龍とよばれている少年の力だった。

「くるぞ。茂《しげ》みの向こうまで迫《せま》ってる」

条威は、声をひそめた。

「誰《だれ》が行くんだよ、最初によおっ！」

海人が、焦《あせ》りから思わず大声をだす。

その声に反応し、追っ手のつれている犬が吠《ほ》えだした。

「もちろん、オレさ」

崖《がけ》に向かって歩みでる。

「──飛ぶ前にみんな、よくきいてくれ」

「なんだよ、条威。いいから早く……」

「海人」

「あ？」

「綾乃、小龍」

「なぁに？」

「なんですか、条威さん」

「助かったらまず、『カケル』を探せ」

「カケル？　誰《だれ》、それ」

と、綾乃。

「わからない、オレにもそれは。ただ、カケルは仲間だ」

「早くしろ、敵がくるっ！」

せかす海人の声に押《お》し出《だ》されるかのように、条威は崖《がけ》っぷちに身をのりだす。

「忘れるな。オレたちの『未来』は、カケルにかかってる」

そんなひとことを崖の上の３人に残して、条威は谷川の流れに消えた。

すぐに海人が、張り合うように身を投じる。

続いて綾乃が飛び、最後に小龍が飛びこんだ瞬間《しゅんかん》、条威の言葉どおりに左右の茂《しげ》みから、犬をつれて銃《じゅう》をかまえた男たちが現れた。

「飛んだぞ！」

誰かが叫《さけ》んだ。

銃声がした。実弾《じつだん》の乾《かわ》いた衝撃音《しょうげきおん》とは異なる、湿《しめ》りけを帯びたような鈍《にぶ》い音だった。

たくさんのサーチライトが、川面《かわも》を照らす。

だがすでに、飛びこんだ4人は激しい谷川の流れに呑《の》まれ、姿が見えなくなっていた。

「だめだ……」

「こんなとこに飛びこんだら、助かりっこありませんよ」

ため息まじりの声があがる。

しかし、追っ手のリーダーらしき男だけは、ちがうことを思っているようだった。

しばらく谷川を見下ろしてから、舌打ちしてきっぱりといいきる。

「条威がいるんだ。死ぬとわかってて飛びこむようなマネをするわけがない」

「えっ？　どういう意味ですか、生島《いくしま》主任」

ききかえす部下から目をそらして、生島は口ごもった。

「なんでもない……」

あぶないところだった。条威の『秘密』だけは、まだ誰《だれ》にも知られてはならないのだ。たとえ『グリーンハウス』の所長であろうと、いや、『マスカレード』の委員たちにさえも、あの少年の恐《おそ》るべき真実だけは……。

生島は、部下たちに動揺《どうよう》をさとられないように振《ふ》る舞《ま》いながら、きびしい口調で命じた。

G.H
G.H

「あの4人を必ず探し出せ。特に条威だけは、ぜったいに逃《に》がすな！」

1　幽霊《ゆうれい》少女

樹齢《じゅれい》数百年の巨木《きょぼく》が空を支える柱さながらに立ち並ぶ森の中に、地鳴りのような音が響《ひび》いている。僕《ぼく》を取り囲む6人の魔道士《まどうし》たちが放つ凄《すさ》まじい負のエナジィが、邪悪《じゃあく》な呪文《じゅもん》とともに渦《うず》を描《えが》きながら迫《せま》ってくる。

「伝説の戦士よ。もはや、逃《に》げ場《ば》はないぞ」

醜《みにく》い肉仮面をかぶった魔道士のひとりが、僕を見てニヤリと笑う。

肉仮面というのは、殺された人間の顔の肉を剝《は》いで作った醜悪《しゅうあく》な呪《のろ》いのマスクだ。肉仮面はそれをかぶる者の顔と同化して、やがて凄まじい魔力と引《ひ》き換《か》えに人間らしい情を奪《うば》いさる。

この世界でいう魔道士とは、悪魔と契約《けいやく》し欲望のままにふるまう力を手にした者たちのことなのだ。

今度こそ殺されるかもしれない。僕は恐怖《きょうふ》と闘《たたか》いながら、震《ふる》えてすがりつく王女を気づかって不敵に笑った。

「大丈夫《だいじょうぶ》。僕《ぼく》がついてる。こんなヤツら、ドラゴンソードで返《かえ》り討《う》ちさ」

僕は剣《けん》を上段にかまえた。

もう、やるしかない。今の僕は戦士だ。王女を守るために魔道士《まどうし》と闘《たたか》う宝剣を与《あた》えられた、聖なる騎士《ナイト》なのだ。

細胞《さいぼう》のひとつひとつが臨戦態勢に入っていく。

宝剣が周囲の巨木《きょぼく》から、魔力を跳《は》ね返《かえ》す精霊《せいれい》の力を集め、僕の体へと注入しはじめた。

この闘いの先に待つのは栄光と平和か、それとも挫折《ざせつ》と絶望か……。

僕は、すべての力を剣にこめて雷《いかずち》を呼んだ。

雷鳴《らいめい》が轟《とどろ》き、同時にまばゆい光が森をすみずみまで照らしだす。

魔道士の暗黒の力がまさるか、僕の宝剣のパワーが勝つか。

最後の闘いが始まった――。

「またやってんの、翔《カケル》」

耳元に投げつけられた上の姉の嘲笑《ちょうしょう》まじりの声に、僕はたちまち現実世界に連れもどされてしまった。

追い打ちをかけるように、高2の下の姉が、

「バッカじゃないの、中3にもなって、ブツブツ独り言いいながら人形遊びなんてさぁー」

と、鼻の穴をふくらませた。

「げーっ、ヤバッ。コイツ、女の子の人形にエッチな服着せてるし！」

上の姉が、となり近所にまできこえるような大声でいうと、鬼《おに》の首をとったように愉快《ゆかい》そうに笑って、下の姉が、

「マジマジィ!?　キモすぎ〜！　まさかアンタ、人形使ってヘンなことしてないでしょうねー。夜中にぃー！」

と、下品きわまりない言いがかりをつけて、人形を奪《うば》おうとする。

僕《ぼく》は、あわてて手で操《あやつ》っていた僕に似ている聖戦士のフィギュアと、ちょっとエッチな服を着た王女サラのフィギュアを机にしまって、

「うるさいなっ。勝手に人の部屋に入ってくるなよ！」

6人の魔道士《まどうし》たちはかくまう余裕《よゆう》がなかった。狭《せま》い勉強机の上で所在なげに、カゴメカゴメみたいに輪になっている。母は、そのうちのひとりをつかまえて、

「翔！　ゴハンだって、何度呼んだと思ってんの？　またお人形ごっこ？　プラモデル遊びなん

か、もう卒業しなさい。来年の2月には受験なのよ？　わかってるの？」

と、まくしたてた。

「わかってるよ！」

僕《ぼく》は立ち上がり、さっさと部屋の電灯を消して、姉たちと母に部屋をでるよう促《うなが》した。

お人形じゃない、フィギュアだ。日本が世界に誇《ほこ》る立派な芸術ジャンルだぞ、今や。

ごっこじゃない、想像の世界にたわむれていたんだ。

それにプラモデルなんかと一緒《いっしょ》にしないでほしい。これは素材から作りこんだ、僕のオリジナルキャラなんだ。

なんにもわかってないよ、この人たちは。

階段を下りると僕のきらいなタマネギの匂《にお》いが立ちこめていた。また母さんがカレーにタマネギを入れたらしい。

カンベンしてほしいよ。ぜったいに料理に使わないでって毎度頼《たの》んでるのに。

どうして僕のいう通りにしてくれないんだ。

タマネギは生だといやな匂いがツーンと鼻にきて吐《は》き気《け》がこみあげてくるし、煮《に》こむと妙《みょう》な甘《あま》味《み》とヌルッとした舌ざわりが気持ち悪くて、どうしてもノドを通らない。

キ
キ
O·N·L·Y
JEANS WEAR

「わー、いい匂《にお》いだねぇ、翔。タマネギいっぱいで」

下の姉は、僕《ぼく》がタマネギがきらいなのを知っていて、わざとそういって鼻の穴をふくらませる。

上の姉も同じく僕にあてこするように、

「やっほー、おいしそー、タマネギいっぱいで」

と、ホクホク顔で手をたたいた。

「タマネギ入れないでっていってんじゃん」

食卓《しょくたく》のイスに座《すわ》りながら文句をいうと、母はきいてないふりで、

「さー、甘《あま》くておいしいわよー、タマネギいっぱいで。タマネギは血をきれいにするから、健康にもいいしねー」

などといいながら、僕のカレー皿に盛りつけをしている。

もちろん、ルウの中のタマネギをおたまで集めてたんまりとのせて。

ため息がでた。

この人たちは、僕のことがきらいなのだろうか。

それはまあ、僕は有名大学に進学した上の姉のように成績も良くないし、新体操で学校から期待されている下の姉のように運動ができるわけでもない。

中学は親の期待を裏切って私立を落ち、今は評判のあまりよくない近所の公立に通っているし、そこでときどき暴力をふるわれたり、イジメにあったりで、母に情けない思いもさせている。なにかというと末っ子だからワガママだといわれる。もちろん、僕《ぼく》は当然の権利を主張しているだけなのだけれど、それが母や姉たちにはワガママにきこえるらしい。

でも、自分でいうのもなんだけど、顔は悪くないんだ。

いや、むしろジャニーズ系の整った顔だちをしてると思う。

細い目の母やその母に似た姉たちとちがって、僕はパッチリ二重《ふたえ》の父に似ているのだ。

だからだろう、父は僕を小さいころからとてもかわいがってくれた。

あのころは、本当に幸せだった。

欲《ほ》しいモデリングの素材があれば、なんでも父が買ってくれたし、僕の作るフィギュアをほめてもくれた。

状況《じょうきょう》が一変したのは、父が九州へ単身赴任《ふにん》することになった1年前からだ。

ひとりにつき僕の3倍はしゃべる、母とふたりの姉に囲まれ、僕は常に肩身《かたみ》の狭《せま》い思いをするようになった。僕も最初は抵抗《ていこう》したのだが、なんせしゃべる量からすれば3×3＝9対1で、勝負にならない。

食事は父に好みの似ていた僕《ぼく》の希望ではなく、タマネギの大好きな母と姉たちの嗜好《しこう》に合わせてだされるようになり、テレビにしても僕がアニメを見ていると、すぐに姉たちがやってきてくだらないバラエティに替《か》えられてしまう。

鍵《かぎ》のかからない僕の部屋には、いつのまにか姉たちや母の服がぶら下がるようになっていた。それどころか最近では、作りつけのタンスの引き出しまでひとつ母に占領《せんりょう》されている。

居場所がない。

この家には、僕の安らぐ場所はどこにもない。

かといって学校も、居心地《いごこち》がいいとはいえない。ことに3年になってクラス替えがあってからは、なかなかクラスになじめないでいる。

40人いるクラスのうち、3人はほとんど学校にこない本格派の不良で、10人は茶髪《ちゃぱつ》で校内で隠《かく》れてタバコを吸う程度のハンパなヤンキー、5人は授業中も昼休みも塾《じゅく》のテキストを開いているような連中で、残りの20人ちょっとはあまり特徴《とくちょう》がなくて、新学年になって1か月近くたった今でも名前もロクに覚えられない。

それに、前のクラスの友達はみんな中3になったとたん受験態勢に入ってしまい、学校で会ってもどことなくよそよそしい。もう、お前みたいなのとチンタラ遊んでる暇《ひま》はないいんだよオレたちには——そんなことを思われているような気がして、最近では僕《ぼく》のほうから遠ざかりつつあった。

「ちょっときいてるの？　翔」

僕の前に、水のはいったコップを乱暴におきながら母がいった。

「え？　なに？」

「ほら、きいてなかったでしょ、やっぱり」

上の姉が、またバカにしたように笑った。

「なんだよ、母さん。なんの話？」

と、僕。

「ほんとに大丈夫《だいじょうぶ》なのってきいてるのよ、1週間もひとりで」

母さんはゆううつそうにいって、食卓《しょくたく》についた。

「平気だよ、夕食だってちゃんと作れるし」

このときのために毎日夕食のしたくをてつだって、それを証明してみせたんだ。

明日からのゴールデンウイーク、僕はひとりでこの家に残るのである。

そう決断したのは2週間前。父さんが海外出張で一緒《いっしょ》にハワイに行けないときいたときだった。

当然、旅行自体が中止になると思った僕《ぼく》の前で、姉さんたちは強硬《きょうこう》に父さん抜《ぬ》きでも行くと主張して、けっきょく母さんもそれに乗ったのである。

冗談《じょうだん》じゃない。

父さんと一緒《いっしょ》じゃなかったら、ハワイなんか行ったってしょうがないじゃないか。

僕はロクに泳げないし、姉さんたちみたいにブランド物にも興味がない。

父さんがゴルフに行ってる間、女3人に免税店《めんぜいてん》とか連れまわされてクタクタになった、去年の夏のグアム旅行の二《に》の舞《まい》だ。

父さんが行かないなら、僕も行かない——そう僕がいいだしたときの母さんたち3人の顔は、痛快だった。

そうとも。

反乱だ。

このチャンスに、僕にも主張があるってことを示してやる。

それに、1週間もひとりきりって、なんかすごいことじゃないか。

母さんの小言も姉さんたちの自慢《じまん》やイヤミもない、平和で好き放題できる1週間のほうが、ハワイ旅行なんかよりよっぽど楽しいにちがいない。

僕《ぼく》の決断は正しい。ぜったい正しい。

「ごちそうさま」

そっけなくいって、僕は席を立った。

カレー皿に、タマネギのかけらをこれ見よがしに山盛りで残してあるのを見て、母は不愉快《ふゆかい》そうにカチャンと音を立てて乱暴に皿を片づけた。

「またタマネギ残してる。ほんとに大丈夫《だいじょうぶ》なのかしらね、こんなことで」

「ほっといたら、母さん。そろそろあいつも自立しなきゃいけない年よ。もう中3なんだし」

と、下の姉。

「そうそう。……あ、大変。そろそろでないと、遅《おく》れちゃうよ。成田10時発ってことは、8時半には着いてないと」

上の姉は、もう気持ちはハワイらしい。食事中もずっとハワイツアーのパンフレットを見ていたし、大好きなカレーも半分以上残してしまった。

母さんを手伝って簡単に洗い物をすませると、それを待っていたかのように、予約してあったタクシーが家の前に到着《とうちゃく》した。

「じゃあね、翔。行ってきますから、あとかたづけ、ちゃんとしといてね」

「わかってるって。いってらっしゃい」

僕《ぼく》は、せいせいした気分と一抹《いちまつ》のさみしさで引きつったように笑って、わざとおおげさに手を振《ふ》って3人をおくり出した。


夕闇《ゆうやみ》が迫《せま》りつつあった。

先日の雨でぬかるんだ森の中を、小龍《シャオロン》と綾乃《あやの》のふたりだけで条威《ジョーイ》をかかえて歩くのは、もう限界だった。

綾乃も小龍も、この2日で口にしたのはポケットに忍《しの》ばせてあったチョコレートとビスケット、それに川の水だけ。ファーマーたちの追跡《ついせき》におびえながらの逃避行《とうひこう》は、精神的にも体力的にもきつすぎた。

それになによりも、大ケガを負った条威を暖かい場所で休ませないと、このままでは命にかかわる。

「綾乃さん、ともかくどこかで、条威さんだけでも休ませないと……」

そういう小龍もボロボロだった。条威のケガを『治療《ちりょう》』するために『気』を使い切り、ほんとうなら立っているのもつらいはずなのだ。

「そうね……なんとかしないと……」

しかし、自分たちが流木につかまって川をくだったことは、ファーマーたちもわかっている。ましてや敵は、あの切れ者の生島荒太《いくしまあらた》ひきいる精鋭《せいえい》たちなのだ。綾乃や小龍の脳波を探知する携帯機器《けいたいきき》『シーカー』も装備している。

うっかり野宿などをすれば、闇《やみ》にまぎれて近づいてきたファーマーたちに、闘《たたか》う間もなくとらえられてしまうかもしれない。

「綾乃さん！　まずいよ、条威さんの心臓が止まりかけてる！」

ふたりで両側から抱《かか》えている条威の胸に耳をあてて、小龍がいった。

「ええっ、どうしよう！」

洞窟《どうくつ》でもなんでもいいから、身を寄せる場所はないか。必死の思いで周囲を見渡《みわた》す。周囲の木々がまばらになっている一角が目に入った。夕刻の赤い陽光が、なにかに反射して目を射る。

目をこらした。

ガラス窓だ。

「小屋があるみたい！　あそこでとりあえず、ひと休みしましょう！」

ふたりは鉛《なまり》のように重い足をけんめいに動かして、力の抜《ぬ》けた条威のからだを引きずりながら小屋をめざした。

くさった扉《とびら》をあけて中にはいると、３人は床《ゆか》に倒《たお》れこんだ。

肩《かた》で息をしながら小屋の中を見まわすと、古新聞の束が打ち捨てられていた。

「新聞があります。あれ、布団《ふとん》代わりにかけるとあったかいんですよ」

小龍はうれしそうに新聞の束をかきあつめて、寝《ね》かせた条威の上にかけた。

「僕《ぼく》は、条威さんの心臓に『気』を送って回復させます。その間に、綾乃さんはどこかもう少しあったかくて安全な場所を探しに行ってもらえますか?」

いうが早いか、小龍は右手を条威の胸にあてて目を閉じ、『気功使い』独特の深い呼吸をはじめた。

「コオオオオ……」

普通《ふつう》の人間とくらべて高感度の綾乃の目には、小龍が右手から送りこむ『気』の流れが、光の奔流《ほんりゅう》としてはっきりと見えた。それは時計回りにゆっくりと渦《うず》を巻きながら、条威のからだに流れこんでいく。

小龍が深呼吸をくりかえすたびに『気』の流れは条威へと向かい、青黒くしずんでいた条威の顔色は、しだいに生気をとりもどしていった。

しかし、油断はならない。こんなじめじめとしたうすら寒い場所に寝《ね》かせていては、きっとまた危険な状態におちいってしまうにちがいない。

ふと、谷川に飛びこむ前に条威が口にした言葉が、綾乃の頭をよぎった。

——カケルを探せ——

条威は、たしかにそう告げた。

「小龍、つづけてて。あたし、探しに行ってくる」

そういって、なぜか綾乃は、言葉とは裏腹に小屋のすみに腰《こし》をおろして深呼吸をひとつすると双眸《そうぼう》をしずかに閉じた。


その夜の僕《ぼく》は8時過ぎには床《とこ》に就《つ》いた。

夕食が5時台だったから、あまり遅《おそ》くまで起きていると、また腹が減る気がしたからだった。

それに昨夜《ゆうべ》は夜中の3時まで、今日のことを考えて興奮して寝られずにフィギュアに手をいれていたので、学校に行っているときからずっと眠《ねむ》かったのだ。

ところが、どういうわけか部屋を暗くしてベッドに入ってみると、少しも眠れなかった。

なんだか、ひどく孤独《こどく》な気持ちになって、かえっていろいろなことを考えてしまう。

やっぱり意地をはらないで、一緒《いっしょ》にハワイに行けばよかったかな。

でも、一緒に行ったって結局は同じことだ。

僕《ぼく》がなぜ現実よりも夢想の世界を好むのかをわかってくれる人は、家族にさえもいない。一番の理解者の父さんだって、ほんとうにわかってくれているわけではない。

いや、僕自身、その『なぜ』の答えが説明できるわけではないんだから仕方ない。

4月の終わりから5月にかけた今の時期にそういう気分になることを、大人たちは『五月病』と呼ぶらしい。進学とか就職とか進級とかで環境《かんきょう》が急に変わり、なんとなくなじめずに失望したり不安になったりして気分がローになることをいうそうだ。

本当にそうなのかな。

だとしたら、あと1か月もして5月でなくなれば、気分がよくなるんだろうか。

寝《ね》てもさめてもなにをどうしていいのかわからない行きづまったこの気分が、スカッと晴れやかになるようなことが、先々の僕の人生に待っているんだろうか。

こういうことをうっかり母や姉たちの前で口にすると、たかだか14歳《さい》で人生なんて大げさだと笑う。

でも、僕にとっては14歳が24歳でも54歳でも、同じことのように思える。

町でみかける大人たちは誰《だれ》も彼《かれ》も、すごく生き生きとしているようには見えないからだ。みんなにか、刺激的《しげきてき》なことを探して町をうろついているけれど、そこにはちっともワクワクすることなんかありはしない。そして誰もが、まあ、人生なんかそんなもんだとあきらめているそういう顔つきに、僕《ぼく》には見えた。

これも五月病ってヤツなのかな。

「あーあ……」

自分にいいきかせるかのように声にだしてため息をつくと、僕は寝返《ねがえ》りをうって窓のほうに顔を向けた。

ふと、窓の外になにか蠢《うごめ》くものを見た気がした。

2階の窓だから鳥かなにかだろうか。いや、ビタミンA不足で夜目が見えなくなることを鳥目っていうくらいだから、鳥は夜飛んだりしないだろう。森の中ならフクロウとかがいるかもしれないけれど、ここは未開発の森林が近いとはいえ、一応は住宅地なのだ。

泥棒《どろぼう》？　それとも痴漢《ちかん》かなにかが、姉の部屋とまちがえてのぞきこんだとか？

いや、ちがう。

あれは、ぼんやりと光っていた気がする。

……幽霊《ゆうれい》？

一瞬《いっしゅん》思って、すぐに打ち消した。

そんなものいやしない。いても、僕《ぼく》に見えるとは思えない。

僕にいわせれば幽霊が見えることだって、本人はイヤかもしれないけど立派な取《と》り柄《え》だ。

だから取り柄のない僕には幽霊を見ることさえかなわない。

そんな自虐的《じぎゃくてき》なことを考えながら、どうせ眠《ねむ》れないなら起きて作りかけのフィギュアでもいじろうかと、体を起こしてまっ暗な室内をなにげなく見渡《みわた》したそのときだった。

僕は息を吸いこんだまま吐《は》くことを忘れてしまった。

勉強机と本棚《ほんだな》の間に、『彼女《かのじょ》』はいた。

背中にかかるロングヘアの少女。

服は着ていなかった。

下着もつけていない。

つまりまっ裸《ばだか》だった。

一糸《いっし》まとわぬ姿で膝《ひざ》を抱《かか》えて床《ゆか》に座《すわ》りこんでいたのだ。

しかも、少女は向こう側が透《す》けて見えた。体全体から薄《うす》ぼんやりと光を放っている。

どうみても生きた人間ではない。

幽霊《ゆうれい》だ。

まちがいない。

そう確信したのに悲鳴がでなかった。その幽霊があまりにもきれいだったからだ。通っている中学はおろか、芸能界にだってそうはいない絶世《ぜっせい》の美少女の幽霊に向かって、悲鳴をあげるのもなんだか気が引けたのである。

僕《ぼく》は目をそらすこともできず、逃《に》げることもせず、もちろん話しかける勇気もないままで、だぼうぜんと口をあけてベッドの上に留《とど》まっていた。

じっと見ているうちに、幽霊の輪郭《りんかく》は闇《やみ》の中で揺《ゆ》らめきながらしだいにくっきりと形を整えてきた。

青白く光る体や顔つきからみて、年齢《ねんれい》は僕と同じくらいだと思われる。

大きな目は、左右の色がちがうように思えた。

右目は黒だが、左の瞳《ひとみ》はグレーっぽい。少なくとも黒ではない。

そうやって観察しているうちに、なんだか息苦しくなってきた。ひょっとして呪《のろ》いかと思ったら、ただたんに驚《おどろ》いた拍子《ひょうし》に息を吸いこんだまま止めていたせいだった。

僕《ぼく》はそんな自分がおかしかったのと、幽霊《ゆうれい》少女が僕を見る目に敵意がなさそうに思えてきたことで、肩《かた》の力がぬけて少し勇気がでてきた。

思い切って、ベッドからおりる。

少女に話しかけてみたくなったのだ。

キミは死んだ人なの？　なんで裸《はだか》なの？　僕になんの用？

そうきいてみてなにも答えなかったら、やっぱり目の前の光景は夢か幻《まぼろし》で、だとしたら僕はストレスでひどく気がめいっているのかもしれない。明日の朝起きたら母さんの部屋のタンスから保険証を持ちだして病院に行こう。

そんなことを思いながら、青白く光ってみえる少女の姿に一歩近づいた。

すると少女は小さく微笑《ほほえ》んで、ゆっくりと立ち上がったのである。

少し恥《は》ずかしそうに胸と下腹部を手で隠《かく》しながら。

驚《おどろ》いた。幽霊も恥ずかしがるもんなんだな。

そう思うと、なんだか妙《みょう》に艶《なま》めかしく思えてきて、ちょっとドキドキした。

しかし、そんな気持ちは次の瞬間《しゅんかん》には消し飛んでしまった。

いきなり幽霊が僕に向かって飛びかかってきたからだ。

「うわっ!」

思わず声をあげて尻餅《しりもち》をついた。そのとき、床《ゆか》に転がっていた乾電池《かんでんち》が尻の下敷《したじ》きになり、ゴリッと音をたてた。鈍《にぶ》い痛みが走った。半分夢の中にいるようだった自分が、まちがいなく起きているということを自覚する。

「ゆ、幽霊《ゆうれい》は!?」

あわててあたりを見まわし、電灯のスイッチをいれた。

なにもない。やっぱり幻《まぼろし》か? いや、そうじゃない。たしかに見たんだ。

あんなにはっきりと。それとも僕《ぼく》の頭がどうかしちまったんだろうか。

不安になってこめかみをガンガンとたたいた。

——幻じゃないよ——

頭の中で、声がした。AMラジオのようなノイズまじりの、女の子の声だった。

やっぱり頭がイカレたらしい。幻聴《げんちょう》まできこえる。

これは明日起きたらすぐに病院に行かないと……。

——幻聴じゃないし、病院に行く必要もないわ——

「え……?」

また声だ。僕《ぼく》くらいの年の女の子の声。ちょうどさっき見た、裸《はだか》の幽霊《ゆうれい》くらいの。

えっ？　ま、まさか……。

「キミ、さっきの幽霊か!?」

——いやだ。幽霊なんかじゃないわよ。あたしちゃんと生きてるもの——

「な、なんだよこれ！　頭の中にいるのかよっ。……そ、そうか、とりついたんだな！　さっき僕に飛びかかってきて、そのまま……」

——とりついた、といえばそうかもね。でも、なんかそのいいかた、非科学的でイヤだな。悪《あく》霊《りょう》みたいだし——

声はだんだんとはっきりしてくる。ラジオのようなノイズが消えて、耳の奥《おく》に小人でも住みついているかのように。

助けてくれっ。

僕はパニックを起こした。他人の声のする頭をこぶしでたたいて、大声で叫《さけ》ぼうとした。だが声がでない。自分以外の誰《だれ》かに体を支配されているかのように、思いっきり頭をたたいたはずのこぶしは空振《からぶ》りして、そのままヨロヨロと尻餅《しりもち》をついてしまった。

——落ち着いて。あたしは幽霊じゃない、生きた人間よ。ただ、キミの体に意識を侵入《しんにゅう》させてるだけなの。わかる？　幽体離脱《ゆうたいりだつ》っていう現象よ――

「ゆ、幽体……離脱？」

きいたことがある。夏場によくやるテレビの怪奇《かいき》特番だったろうか。

体から魂《たましい》が抜《ぬ》け出《で》て漂《ただよ》う現象だったはず。

――そう、それよ。あたしにはそういう力があるの――

言葉に出してもいないのに、考えを読んで返事をしてきた。

――あたしの体は、この家から５００メートルくらい離《はな》れた場所にあるわ。あたしは、そこから自分の魂……てゆーか意識の塊《かたまり》みたいなものを飛ばして、キミの部屋にやってきたってわけ。わかる？　あたしのいってること――

「わかるような、わからないような……」

――もうっ、鈍《にぶ》いなぁ。ともかく信じて。さっき見たでしょ、あたしの意識体。キミの目に見えるように、必死に実体化してみせたんだから――

「見たよ……は、裸《はだか》だった……」

――やだっ。見たの？　――

「見せたんだろ、今そういってたじゃん」

――裸《はだか》を見せる気はなかったの。でも、どうしてもそうなっちゃうのよ、あたしの場合――

「そ、そうなの？　なんか不便だね……」

クスッと頭の中の少女が笑った。

――キミ、面白《おもしろ》いね、なんだか――

ほめられたんだろうか、それともバカにされたんだろうか。

どっちでもいいけど、どうやら頭の中の他人は、そんなに悪いヤツじゃなさそうだった。

「どこの誰《だれ》、キミ？　名前とかあるの？」

思い切って尋《たず》ねる。

――もちろんあるわよ。あたし、綾乃。綾《あや》取《と》りの綾に乃木《のぎ》将軍の乃。乃木将軍って知ってる？

――

「知らない」

――あたしも。おかあさんに名前のことききかれたらそう答えなさいって、ずっと前に教わっただけなの。年は14歳《さい》――

「ぼ、僕《ぼく》と同じだ……」

――キミの名前は？――

「馳翔《はせ》。馳《は》せ参《さん》じるの馳に、飛翔《ひしょう》の翔でカケル……」

——翔……翔っていうのね、キミ——

「そうだけど……？」

——やっぱりそうだわ、まちがいない。条威のいったとおりだとすれば、この人が——

「え？　なにがいったとおりなの？」

——ううん、なんでもない。よろしくね、翔くん——

「う、うん……よろしく」

あいづちをうちながら、考えた。彼女《かのじょ》がほんとうに幽体離脱《ゆうたいりだつ》ってヤツで僕《ぼく》のところにやってきたのだとして、いったいなんのために？

考えただけで、即座《そくざ》に返事が返ってきた。

——あたしたち、とても困っているのよ。誰《だれ》かの助けがいる。だから、キミを探してここまでやってきたってわけ——

「僕を探してきた？　どういう意味だよ。それに、助けがいるって……」

——簡単には説明できないわ。ともかく一緒《いっしょ》にきてくれる？　仲間を紹介《しょうかい》したいの——

頭の中で『綾乃』がそういうと、同意する間もなく僕の体は勝手に立ち上がった。

自分の意思でなく体が動くのは、なんともいやな気分だった。

「わかったから、もう勝手に僕《ぼく》の体を動かさないでくれよ」

――ごめん。……きてくれるかな？　翔くん――

14歳《さい》というわりに大人びた彼女《かのじょ》の声に、僕はさっき見た裸《はだか》の美少女の姿を重ねていた。

怖《こわ》かったけれど、無下《むげ》に断るのもなんとなく惜《お》しい気がした。

いつになく大胆《だいたん》になっていた。

そうとも。踏《ふ》み出《だ》してみよう、日常から。

きっとなにかいつもとちがうことが待ってる気がしたから、1週間のひとりぐらしを決めたんじゃないか。

「わかった、行くよ。だから、ちょっと見ないでいてくれないかな。着替《きか》えたいんだ」

――そんなの無理よ。今はキミの目はあたしの目だもん。なによ、あたしの裸見たくせに――

彼女は笑って答えた。

ドキッとした。先ほど見た彼女の半透明《はんとうめい》の裸が思わず頭をよぎる。すぐに心を読まれると気づいてブレーキをかけた。でも、以心伝心してしまったらしく、今度は逆に彼女の羞恥心《しゅうちしん》が僕に伝わってきた。

二つの人格が自分の中にあるというのは、なんとも奇妙《きみょう》で、むずがゆいものだ。早くでていってくれないかな、と思いながら、僕《ぼく》はなるべく自分の下半身を見ないように心がけて、着替《きが》えをはじめた。

玄関《げんかん》のくつ箱の上に常備してある懐中《かいちゅう》電灯を手にとると、僕は外にでかけた。母さんたちがいなくてよかった。呼び止められてほんとうのことをいったら、きっと病院に連れていかれただろう。

綾乃という少女は、まだ頭の中にいた。

実体化して裸《はだか》を見られるのは恥《は》ずかしいからと、頭の中で、その先を右だの次の角を左だのと指示をだしてくる。僕は、なんだか寄生虫に脳を乗っ取られて誘導《ゆうどう》されているカタツムリみたいな気分だったが、さっきみたいにむりやり体を動かされるよりはましだった。

このあたりは、住宅街をぬけるとすぐに野っ原や森林にでてしまう新興住宅地だ。都会の地価が高かったときにはうちの父親のような中堅企業《ちゅうけんきぎょう》のサラリーマンが建て売りを買って次々に引《ひ》っ越《こ》してきて、そのおかげでどんどん山が切り開かれていったらしい。

ところが、このところの不景気で土地が安くなってからは開発が止まって、少し歩くと住宅用地として造成したまま放置されている空き地だらけだった。

僕《ぼく》は綾乃に案内されるがままに、段々畑のように積み重なる造成地を越《こ》えて小高い丘《おか》に向かう未舗装路《みほそうろ》を登っていった。そこからは街灯もない。綾乃にいわれて持ってきた懐中《かいちゅう》電灯だけが頼《たよ》りだった。

「キミの仲間って何者？　こんなところでなにしてるんだよ。キミっていったい、どこの誰《だれ》なんだ？　どっからきたんだよ。本当に幽霊《ゆうれい》じゃないの？」

——一度にきかないで。必要とあらばひとつずつ教えてあげるけど、きかないほうがよかったと思うかもね——

「そ、そうなの？」

——ちなみに、何度もいうけど幽霊じゃないから、それだけは安心して——

何度いわれても安心なんかできるわけがない。

ほんとうは怪談《かいだん》の『牡丹燈籠《ぼたんどうろう》』みたいに、化けてでた幽霊に誘惑《ゆうわく》されて恐《おそ》ろしい目にあわされようとしてるんだったりして。

でも、こんなカワイイ幽霊なんかいるものだろうか。たしか『四谷怪談《よつや》』のお岩さんは目の上にたんこぶがあって……いやしかし、『牡丹燈籠』の幽霊は美人だったような……。

堂々巡《どうどうめぐ》りにおちいりながらも、好奇心《こうきしん》と退屈《たいくつ》な日常から踏《ふ》み出《だ》したいという気持ちで、僕《ぼく》は綾乃にいわれるがままに歩きつづけた。

おとといの雨でまだ足元のぬかるんだ未舗装《みほそう》の坂道を登りつめていくと、小さな木造の小屋が見えてきた。なんのために造られた小屋なのかは知らないが、屋根のトタンはあちこちくさって穴があいていて、外壁《がいへき》もボロボロ。今にも崩《くず》れ落《お》ちそうなほったて小屋だ。

——あそこよ。中に入って——

「えっ。あんな小屋の中に？　崩れたりしない？」

呼びかけるが、返事がない。先ほどまでズンと頭の中によどんでいた寄生虫でもいるかのような違和感《いわかん》も、きれいに消えている。

「綾乃さん？　どうしたんだよ、急に黙《だま》って」

やはりダメだ。さて、どうしよう。いわれた通りに、ボロ小屋の中に入ろうか、それともこのまま引きかえしてコンビニで夜食でも買って帰ろうか。

ウロウロと小屋の前を行ったりきたりしながら20秒ほど迷ったあげく、僕は綾乃のいう通りにしようと決心した。

そうとも。ついさっきまで、幽霊《ゆうれい》を見たりすることでもいいから、なにかいつもとちがう経験をしてみたいと思ってたじゃないか。

本当に幽霊《ゆうれい》――本人はちがうといってたけど――みたいなものを見て、しかもそれが、すごい美少女で、その子に助けまで求められるなんていう、非日常の世界が向こうからやってきたのだ。ここで退屈《たいくつ》な日常にもどってしまうのは、もったいない。

僕《ぼく》は、勇気をふりしぼってボロ小屋の扉《とびら》に手をかけた。

ギギ〜〜ッ、とお化《ば》け屋敷《やしき》の扉みたいなお約束のきしみとともに、それは開いた。

中はまっ暗だった。カビくさい匂《にお》いが鼻をつく。

僕は懐中《かいちゅう》電灯の光で天井《てんじょう》から左右の壁《かべ》、そして床《ゆか》と順番に照らしながら、中の様子をうかがった。

ふと、光の輪が床に横たわる『なにか』をとらえた。たくさんの新聞でくるまれている。まさか人間？

「なんだ、あれ……」

と、踏《ふ》みいった。

ふいに僕の胸に、闇《やみ》から伸《の》びた誰《だれ》かの手があてられた。

「わっ！」

驚《おどろ》いて、その手を逆につかむ。

次の瞬間《しゅんかん》、僕《ぼく》は突風《とっぷう》のような得体のしれないショックをうけて小屋の外まで吹《ふ》っ飛《と》ばされた。

「やめて、小龍！」

小屋の中から声がした。女の子の声だ。きき覚えがあるハスキーな声だった。いや、きき覚えというよりは、感じた覚えがあるといったほうがよかったかもしれない。

まちがいなく、さっきまで僕の頭の中にいた幽霊《ゆうれい》少女、綾乃の声だった。

「うっ……綾乃さん、いるの？」

胸の痛みをこらえて起き上がる。

まっ暗な戸口に、小柄《こがら》な少年が立っていた。僕よりも2つくらいは年下だろう。背は160センチあるかないかで、長く伸《の》びた前髪《まえがみ》の向こうからのぞく切れ長の目は表情に乏《とぼ》しい。

破れて泥《どろ》だらけの、もとは白だっただろう長袖《ながそで》Tシャツを着ていて、ぶかぶかのグレーの綿パンをはいている。数珠《じゅず》のように大きな玉を連ねたネックレスが目をひく以外は、他《ほか》に身につけているものはなにもない。

やせた細い腕《うで》をだらりとさげてたたずむその様子は、雨にぬれて泣きつかれた迷子のようだった。

G.

正直、意外だった。僕《ぼく》を3メートルも吹《ふ》っ飛《と》ばしたのは、本当にこの子なのだろうか。

いったい、どうやって？　拳法《けんぽう》かなにかを使うのだろうか。そういえば今、『シャオロン』と中国人ふうの名で呼ばれていたような……。

「大丈夫《だいじょうぶ》よ、小龍。その人は、あたしが連れてきたの」

彼《かれ》を押《お》しのけて、髪《かみ》の長い少女が現れた。

僕は息をのんだ。まちがいなく、綾乃だった。素《す》っ裸《ぱだか》でボウッと光を放ち幽霊《ゆうれい》のように部屋の片隅《かたすみ》で膝《ひざ》を抱《かか》えていた彼女《かのじょ》が、たしかに生きた人間として目の前に立っていた。

今度は服を着ていたけれど、あちこち破れてひどいありさまだった。

でも、それ以外は僕の部屋で『会った』ときのままだ。

落っこちそうな大きな瞳《ひとみ》。それも、右と左で色がちがう。

本人も、幽体とやらに負《ま》けず劣《おと》らず透《す》き通《とお》るような白い肌《はだ》だった。

ここまできて、僕はやっと綾乃のいうことを信じる気になった。というより信じるしかなかった。彼女はさっき、いわゆる幽体離脱《りだつ》によって意識だけで僕の部屋までやってきたのだ。そして今、ふたたび彼女の意識は体にもどって、こうして僕の前に現れたのである。

そう考える以外に説明のしようのない不可解な状況《じょうきょう》だった。

「ごめんね、翔くん。ケガ、なかった?」

綾乃はそういって僕《ぼく》に近づくと、僕のほおを細い指でそっとなでた。

「あっ、いや、大丈夫《だいじょうぶ》。ケガなんかしてないから」

僕はたじろいで思わず彼女《かのじょ》の手をつかんだ。

驚《おどろ》くほど冷たかった。まるで死人のように。幽体離脱《ゆうたいりだつ》となにか関係があるのだろうか。

彼女は、照れたように手をひっこめて、

「ごめん、ほっぺたに汚《よご》れがついてたから」

と、泥《どろ》のついた指先を見せた。

「——中に入って。仲間がいるの」

「彼《かれ》の他《ほか》にも?」

ジッと僕を見つめている小柄《こがら》な少年を指していうと、綾乃は小さくうなずいた。

「もうひとりは条威っていうの。あたしたちのリーダーよ。ケガをしてるわ」

「リーダー?」

ということは、なにかの活動をしているグループなのだろうか。

「ひどく衰弱《すいじゃく》してるの。どこか暖かい場所に運んで寝《ね》かせてあげないと、このままじゃ死んじゃう。お願い、助けて、翔くん」
衰弱《すいじゃく》？　死ぬ？
穏《おだ》やかでない話だ。
チクリといやな予感がした。
僕《ぼく》はひょっとして、とんでもない事件に巻きこまれたんじゃないだろうか。
その予感は、思いっきり当たっていた。

2　逃亡者《とうぼうしゃ》たち

条威《ジョーイ》は、狭《せま》い小屋のまん中に寝《ね》かされていた。

たくさんの新聞紙にくるまれていて、まるで大切にしまってあるガラスの器のようだった。

ひどく衰弱《すいじゃく》しているのは、懐中《かいちゅう》電灯の明かりひとつでもよくわかった。

ぬれた長めの髪《かみ》はベッタリと額にはりついていて、ほおにはまるで生気がない。口は半開きで息をしている様子は感じられない。目はかたく閉じられていて、そのまま永久に開くことがないかのようだった。

「し、死んでるみたいだね」

僕《ぼく》は、思わずそうつぶやいて、しまったと口を押《お》さえた。

だが綾乃《あやの》も小龍《シャオロン》も怒《おこ》ったりはせず、むしろそう見えて当然だという顔でため息をついた。

「事実、死にかけてたんですよ」

少し外国語なまりのある口調で、小龍がいった。

「――僕《ぼく》が治療《ちりょう》をしなかったら、たぶん今ごろは完全に冷たくなってたと思う」

「治療って……キミは医者なの？　小龍クン」

自分できいておいて、あわてて否定する。

「――あ、いや、そんなワケないよな。中学1年か、へたすると小学生くらいだもんね」

「彼《かれ》は、『気』で人間や動物を癒《いや》す力があるの。……『気功』ってわかる？」

「ええと、掌《てのひら》をこうかまえてハーッとかやるあれかな。人間を遠くから倒《たお》したり……あっ、もしかしてさっき僕がぶっとばされたのも……」

「あれも気功にはちがいないけど、本当は病気とかの治療につかうものなのよ。小龍は『気』をつかって、奇跡《きせき》みたいに病人を治すことができるの。でも、こういうケガとかはどっちかっていうと苦手みたい。それでも、骨折とか内臓や血管のダメージは、ふだんの何十倍も早く治るはずなんだけど」

「ほ、ほんとに？」

本当ならすごい話だ。キリストもまっ青の奇跡だ。

「本当ですよ、翔《カケル》さん。川岸に打ち上げられてたときの条威さんは、肋骨《ろっこつ》を3本も折っていたし、頭もかなり打ってた。内臓にもひどい損傷があって、内出血で上半身がまっ青にはれ上がってたんです」

小龍は交通事故死者の診断書《しんだんしょ》みたいな惨状《さんじょう》を、たんたんと話した。

「よ、よく生きてるね、そんな目にあって……」

「でも今は骨はほとんどくっついてるし、内臓の傷も内出血も治まってます。だけど……」

「どうしても、意識がもどらないのよ」

「なんでなの?」

「わかりません。僕《ぼく》の治療《ちりょう》が手遅《ておく》れだったのかも」

「そんなことありっこないわ、小龍!」

綾乃がいきり立った。

「——条威は、必ずみんな助かるっていったのよ。だから、みんなあの崖《がけ》から谷川に飛びこんだんじゃない。その言葉どおり、あたしも小龍も助かった。きっと海人《カイト》だって、どこかで生きてる。……なのに条威だけが、手遅れなんて……」

綾乃は声をつまらせて目頭《めがしら》をおさえた。

「そんなに信頼《しんらい》されてるんだ、この人……」

必ず助かるといわれたからって、崖《がけ》から谷川に飛びこむなんてムチャなまね、できるものじゃない。

「そうじゃないの。条威にはわかるのよ。キミのことだって、条威が教えてくれたんだから」

「どういう意味？」

「あのね、翔くん。信じられないかもしれないけど、条威は……」

「やめたほうがいいですよ、綾乃さん」

「小龍……」

「そのことだけは、かんたんに仲間以外に話さないほうがいい。翔さん、あなたもきかないほうがいいと思います。あなたのためにも」

小龍のこのいいかたに、僕《ぼく》はカチンときた。

「なんだよ、それ！　人を夜中にこんなところまで連れてきておいて、事情も話さないで、なにをしろっていうんだよ。そうやって邪険《じゃけん》にするなら、僕は帰る！」

立ち上がろうとした僕を、綾乃があわてて押《お》しとどめる。

「待って、翔くん。ごめん、そんなつもりじゃないの、小龍も」

「じゃあ、どんなつもりなの？　ちゃんと話してくれよ、事情を。僕はまだなにもきいてない。

なにがなんだかわからないんだ。一から話してくれよ。キミらがどこの何者か、なんでおかしな力をもってるのか、どうして3人ともこんなボロボロになってるのか……」

「話すわ」

綾乃がいった。

「——あたしたちは逃《に》げてきたの。『グリーンハウス』ってところから。あたしと小龍と条威と海人——今ここにはいないもうひとりの仲間と一緒《いっしょ》に……」

「な、なに？　『グリーンハウス』って……」

「それは……」

綾乃がそういいかけたときだった。

「綾乃さん！」

小龍が声をひそめて制止した。

「どうしたの小龍」

「誰《だれ》かいるよ、まわりに。気を感じる」

「なんですって？　ま、まさかファーマーがもう……」

「ファーマー？　ええと、それってたしか……農夫って意味だよね？」

「隠語《いんご》ってヤツよ。組織の連中は、そう呼ばれてる」

「僕《ぼく》らを栽培《さいばい》する農夫ってことです」

「栽培？　キミらを？」

ますます僕は混乱した。きけばきくほどわからなくなっていく。

ただ、このボロ小屋の近くに、彼《かれ》らを追いかけてる連中がいるってことは、どうやらたしかみたいだ。

急に恐《おそ》ろしくなってきた。それはたしかに、日常からはみだしてみたいとは思ってたけれど、騒動《そうどう》に巻きこまれるのはごめんだ。

「や、やっぱり僕、帰るよ。なんか大変そうだけど、僕には関係ないし……」

「関係は大ありよ」

と、綾乃。

「——残念だけど、キミはもう巻きこまれちゃったの。少なくとも、敵はそう思うはずよ」

「じょ、冗談《じょうだん》じゃないよっ。ごめんだからねっ、僕は。でていくよっ！」

「ダメよっ、殺されちゃう！」

「放せっ！」

腕《うで》をつかむ綾乃を振《ふ》り切《き》ろうとしたそのときだった。

バキッ。

くさりかけの木戸が外から蹴破《けやぶ》られた。

サーチライトの光が注ぎこまれる。

「わぁ〜〜〜っ！　ちがいますっ、僕《ぼく》は関係ないんだっ！」

両手をあげて騒《さわ》ぐ僕に、ふたりの男がピストルのようなものを向けた。

だめだ。

ほんとに殺される。

やめとけばよかった。日常から外に踏《ふ》み出《だ》すなんて、僕には向いてなかったんだ。

凡人《ぼんじん》は凡人らしく、平凡な日常にささやかな刺激《しげき》を見つけて、つつましく生きていくべきだったんだ。

ロクに取《と》り柄《え》のない僕にだって、無理せず平和に人生を送れば、１００歳《さい》以上も生きて長寿《ちょうじゅ》日本一になって、新聞に名前がのるような微笑《ほほえ》ましい名誉《めいよ》が待ってたかもしれないのに。

こんなところで殺されて、変死体として新聞に名前がのる破目になるなんて。

ああ、僕のたった14年の人生って、いったいなんだったんだ。

ブシッ。

鈍《にぶ》い衝撃音《しょうげきおん》がした。

空気圧が肩《かた》の上あたりをかすめて、背後に抜《ぬ》けていった。

同時に、後ろから、パチンとカンシャク玉が弾《はじ》けるような音がする。

撃《う》たれたっ。

でもはずれたみたいだ。

僕《ぼく》を撃った男は、チッと小さく舌打ちし、

「動くなよ、小僧《こぞう》」

といって、銃《じゅう》を構えたままで小屋の中に足を踏《ふ》みいれてくる。もうひとりの男は、戸口で周囲を警戒《けいかい》するように構えた銃をあちこちに向けている。

助けてくれっ。綾乃さん、小龍くん。どこにいるんだ。もう、見捨ててひとりだけ逃《に》げるようなことしないから、お願いだから……。

叫《さけ》びたいけど、声がでなかった。

いっそあきらめて目を閉じてしまおうとも思ったけれど、それもやっぱりできない。

ああ、もう死ぬんだ。

ピストルで撃《う》たれるのって、痛いのかな?

血が出るんだろうな。

死ぬ寸前には、よくいわれるように花畑とか見えるのかな。

そういうのって、臨死体験っていったよな。

走馬灯みたいに、いろんな思い出が頭を駆《か》けめぐるんだな、きっと。

ところで、走馬灯ってなんだろう。知らないや、僕《ぼく》。

ああ、でもまずいぞ。このまま死んだら、僕がベッドのマットレスの下に隠《かく》してるエッチな本はどうなるんだ?

きっと母さんに見つかって、姉さんたちにも見られて……。

ほんの1秒か2秒の間に、ばかみたいな考えがたくさん頭の中に浮《う》かんでは消えた。

これが僕の最後の瞬間《しゅんかん》の『走馬灯』ってヤツだとしたら、さすがにあんまりだ。なんてくだらない終わりかたなんだ。

いやだ。

やっぱり、死にたくない。

逃《に》げよう。なんとかして――。

気持ちを切《き》り換《か》えたその刹那《せつな》だった。

僕《ぼく》に近づいてきていた男が、銃《じゅう》を構えている両腕《りょううで》をだらんとさげた。

そして酔《よ》っぱらいがやるみたいに、ゆらゆらと体を揺《ゆ》すると、ネジのきれかけたブリキのオモチャのようにカクカクとした動きで立ちどまる。

「おい、どうした?」

戸口にひかえている仲間が異常に気づいて声をかけると、ふいに素早く背後を振《ふ》りかえって、その仲間に向けてピストルをぶっぱなした。

「わっ、な、なにを……」

撃《う》たれた男は、いきなりの裏切りにあわてて銃を向けようとしたが、つぎの一発をまともに腹に受けてふっとび、そのまま動かなくなった。

ぼうぜんとなる僕の前で、仲間を撃った男もまた自分の足のモモに銃を向けて一発撃ち、そのまま子供に突《つ》き倒《たお》されたマネキンのようにバッタリと床《ゆか》に倒《たお》れ伏《ふ》してしまった。

「な、なんだ? なにが起こったんだよ!」

僕は動揺《どうよう》して、じたばたと足を踏《ふ》みならしながら叫《さけ》ぶ。

「危なかったですね、翔さん」

どこに隠《かく》れていたのか、いつのまにか小龍が現れて僕《ぼく》の肩《かた》をポンポンと人懐《ひとなつ》っこくたたく。

「シャ、小龍くんっ！　どうしたの、あの人！　なんでいきなり味方を撃《う》ったんだよ！」

「さっき翔さんも体験したでしょう？　幽体離脱《ゆうたいりだつ》ですよ」

「え？」

「綾乃さんが敵のひとりに憑依《ひょうい》して、同士討《どうしう》ちさせたんです」

驚《おどろ》いた。たしかに僕も彼女《かのじょ》にとりつかれて、少しだったけど体を操《あやつ》られた。

他人にとりついて勝手に体を動かすことができるなんて、まるでほんとうにホラー映画の悪《あく》霊《りょう》みたいだ。

「こ、こ、殺したの？　し、し、しん、死んじゃったの、こ、こ、この、この……」

あわあわとロレツのまわらない僕の肩をまたポンポンと2回たたいて、小龍は、

「落ちついてください。心配いらないです。あの銃《じゅう》はパラライザーっていって、麻酔銃《ますいじゅう》なんです。死ぬことはないですから」

「綾乃さんは？」

「体は、あそこに」

小龍の示した小屋のすみに、綾乃は目を閉じて西洋人形のように硬直《こうちょく》した姿勢で座《すわ》っていた。

口を薄《うす》くあけたその表情は、文字通り魂《たましい》の脱《ぬ》けがらのようだった。

「――意識は、まだもどってないみたいですね。きっと、外の様子を見に行ってるんじゃないのかな？」

「な、なんなの、この連中は？　たしかファーマーとかって……」

「僕《ぼく》らが3日前に逃《に》げてきた、ある秘密の施設《しせつ》の人間ですよ」

「秘密の施設？」

「知りたいですか？」

「も、もちろん」

「後悔《こうかい》しませんか？　知ってしまうと、後もどりできませんよ」

「もう僕は巻きこまれてるっていってたじゃないか。だったら……」

正直、怖《こわ》かった。でも、わき上がってくる好奇心《こうきしん》には勝てない。

「――教えてよ、小龍くん。後悔しないから！」

「わかりました。あとでキチンとお話しします」

「あとでって！」

「今は、そんな暇《ひま》ないわ、翔くん」

いきなり起き上がって、綾乃がいった。幽体《ゆうたい》がもどってきたらしい。

「綾乃さん、どうでした、外は?」

「今のところ、このふたりだけだったみたい。でも、探知されてる以上、いつまたファーマーがくるかわからない。ともかく、すぐにここをでましょう!」

綾乃と小龍は、倒《たお》れている敵ふたりから、パラライザーと呼んでいた麻酔銃《ますいじゅう》をとりあげると、はいているズボンの腰《こし》につっこむ。

僕《ぼく》は、綾乃の言葉が少し気になった。『探知』というのは、どういう意味だろう。探知機でもつけられてるのだろうか、彼《かれ》らは。だったら、ここはうまく逃《に》げても、追っ手はいずれまたやってくるにちがいない。

「翔くん、条威を背負える?」

「ええっ、僕が?」

「ほかにいないじゃない。小龍はまだ12歳《さい》だし、あたしは女の子だもん」

「で、でも……」

体力には自信がない。まして、僕より10センチ近く背の高そうな彼を背負って、このぬかるんだ山道をくだるなんて……。

「お願い……」

綾乃が、うるんだ大きな瞳《ひとみ》で、僕《ぼく》をのぞきこむようにしていった。

「う、うん」

思わずうなずいてしまった。

「ありがと！」

うれしそうに僕の手をにぎりしめる綾乃を前にして、引っこみがつかなくなった僕は、半ばヤケで条威の体をよいしょと持ち上げた。

条威の体は14歳《さい》にしては背が高いが、きゃしゃで、やけに軽く感じた。

これならなんとか背負っていけそうだ。

「ねえ、翔くん。キミの家に条威を連れていってくれないかな？」

と、綾乃。

それは無理だ。背負っていくには遠すぎるし、住宅街を通るのはめだちすぎる。警官に呼びとめられるかもしれない。

「いや、家はちょっと。でも、そうだなぁ……」

ある人の顔が思《おも》い浮《う》かんだ。きっと『あの人』なら、事情を話せば面白《おもしろ》がって僕らを招き入れてくれるはずだ。

「――近くにあてがあるから、そこに連れていこう」

「ほんとに？　どこなの？　それ」

「学校さ。親しくしてる人が宿直してるんだ」

腕時計《うでどけい》を見ると夜の10時をまわっていた。この時間なら他《ほか》に人もいないだろう。

「――さあ行こうよ。いつまでも背負ってるのは、ちょっときついし」

「そうね、じゃあ急いで……」

「待った、綾乃さん。『シーカー』を取り上げておこうよ」

「そうね。あっ、小龍。それと、お金もあったほうがいいんじゃない？」

「必要ですね、たしかに。手持ちの金はもう尽《つ》きてるし……」

「お腹《なか》もすいたしね」

綾乃たちふたりは相談しながらファーマーたちのジャケットの懐《ふところ》をさぐって、財布《さいふ》となにやら小型の無線機のようなアンテナ付きの機械を奪《うば》った。

あの機械が小龍がいった『シーカー』なのだろうか。なんのための機械だろう。

「いいの？　財布なんかとって」

場にそぐわない僕《ぼく》の発言に、ふたりは吹《ふ》きだして顔を見合わせた。

「そんなノンキなこといってたら、殺されちゃうよ?」

綾乃はそういってパラライザーをかまえて、小龍とともに小屋を出ていく。

「や、やめろよな。心臓に悪いよ……」

僕は、ふたりにきこえないように口の中でモゴモゴとつぶやきながら、あとを追った。


公衆電話から携帯《けいたい》に連絡《れんらく》をいれて学校を訪ねると、校門の前であの人は待っていてくれた。まだ夜は肌寒《はださむ》い4月の終わりなのに、Tシャツ1枚に下はグレーの薄汚《うすよご》れたスウェットパンツといったいでたちだった。

「へーっ、お前にしちゃあがんばったな、翔。よく人ひとり背負って、あんなトコから学校まで歩いてきたもんだ。ほめてやる」

そういって灯山晶《ひやまあきら》は、疲《つか》れ果《は》てて倒《たお》れそうになっている僕から、条威を受け取って代わりに背負いあげた。

「――おっと、身長《タッパ》のわりに意外と軽いな、この坊《ぼう》や」

乱暴な口のきき方だが、灯山さんは女だ。年は、きいたことないけれどたぶん27~28だと思う。

ボーイッシュな髪形《かみがた》、飾《かざ》りっ気《け》のない服装に粗野《そや》な立《た》ち居振《いふ》る舞《ま》い。まるっきり男みたいだけど立派な女性だということは、Tシャツの胸のふくらみからわかる。母さんや姉さんたちよりよっぽど大きく張り出しているのだ。

それに、昼間、先生や他《ほか》の生徒たちを相手にするときにはいつもかけている色の濃《こ》いサングラスを僕《ぼく》の前ではははずしてくれるから、ほんとうはけっこうな美人だということもわかっている。もっとも、うっかりそんなことを口にすると、髪の毛をつかまれてたんこぶができるような強《きょう》烈《れつ》なデコピンをくらわされるけれど。

灯山さんの学校での仕事は、雑用係兼《けん》警備員ということらしい。たぶん正規の職員ではないのだろうけど、なぜか校舎の端《はし》にある『校務員室』という部屋で生活していて、いくらかの給料を学校からもらっているという話だった。

生徒たちの間では悪いことをして逃《に》げてるんじゃないかとか、いや、ほんとうは大金持ちのひとり娘《むすめ》で、そういう生活がいやになって隠《かく》れて暮らしてるんじゃないかとか、いろんな噂《うわさ》がささやかれている謎《なぞ》の人物なのである。

女性なのに警備員というと意外かもしれないけれど、そこらの男よりも彼女《かのじょ》はよっぽど強い。一度、3年生の不良が4～5人、灯山さんになにか悪さをするつもりで、夜の学校に忍《しの》びこんでおそいかかったことがあるそうだが、1分ももたずにたたき伏《ふ》せられたらしい。

おまけに不良たちは丸裸《まるはだか》にむかれて早朝の校庭にさらし者にされて、それ以来、二度と灯山さんに手出ししようなんて不届き者はでていない。

「す、すみません、こんな夜遅《よるおそ》くに……」

と、僕《ぼく》。膝《ひざ》はがくがく、腕《うで》はしびれたように重い。

「へっ、どうってこたぁねえよ。ともかく中にはいんな。ほら、お前らふたりもだよ」

自分より背の高い条威を軽々と背負って、灯山さんはさっさと校内に向かった。

「先生じゃなさそうね」

綾乃が僕に耳打ちした。

「うん、なんかうちの学校で雑用とか警備とかやってる人でさ、たまたま僕と趣味《しゅみ》が一緒《いっしょ》で、それもあって、親しくしてるんだよ」

灯山さんは、フィギュアのコレクターだ。彼女《かのじょ》の部屋の奥《おく》のすりガラスの戸棚《とだな》をあけると、食器の代わりに、ズラリとマニアックなキャラの手製フィギュアが並んでいる。でも、ちょっと不器用なところがあるから、自分で作ったフィギュアはどれも不細工そのもので、ときどき僕を校務員室に呼びつけて、自分の作品の手直しをさせる。

その代わりというわけではないのだろうけど、僕《ぼく》が1年のころに上級生3人に恐喝《カツアゲ》をされたときは、いつのまにやら取られた財布《さいふ》を取り返してきてくれた。以来、その上級生たちは廊下《ろうか》ですれちがっても僕と目を合わせようとしなかったから、よほど恐《おそ》ろしい目にあわされたにちがいない。

「ちょっと変わってるけど、意外といい人なんだ」

僕は、灯山さんにきこえないように、綾乃の耳元でささやいた。『いい人』だなんていったのがきこえたら、またデコピンだ。きっと彼女《かのじょ》は極端《きょくたん》な照れ屋なんだと思う。だから、面と向かってほめられたりするのが苦手なのだろう。

灯山さんは条威を学校内の自分の部屋まで背負っていくと、畳《たたみ》の上にいつも敷《し》きっぱなしにしている万年床《まんねんどこ》に寝《ね》かせて彼《かれ》の脈をとりはじめた。

「なるほど、こいつはひどく衰弱《すいじゃく》してるな。ともかくなにか食わせないと……」

といって、冷蔵庫をあさり、パンやらジュースやらを適当にみつくろってとりだした。

「お前らも腹へってるだろ」

綾乃と小龍にそのうちのいくつかを投《な》げ渡《わた》すと、やおら自分の口にジュースとパンをほうりこんだ。

「なにやってんですか、灯山さん。自分で食べてどうするんですよ」

僕《ぼく》がいうと、モゴモゴとあごを動かしながら、

「アホウ」

といって、万年床《まんねんどこ》の上の条威におおいかぶさる。

「わっ！」

僕は思わず声をあげた。

いきなり、灯山さんが条威にキスをしたのだ。

「——なにやってんですかっ、灯山さんっ。そんなこと、いきなりはじめないでよっ。そそ、そりゃあ、彼《かれ》はちょっとイイ男かもしれないけど、まだ14歳《さい》ですよっ。僕と同じ年ですよっ。いいんですか、そんなことやってっ。どう考えてもロリコン……いや、男だとそうはいわないのかな、ええと……」

あたふたしている僕に、起き上がった灯山さんは後頭部まで響《ひび》くような強烈《きょうれつ》なデコピンをくれて、

「アホウ！　そんなわけねえだろっ。こうやって口移しでメシ食わせてやってんだっ。なんでもいいから、多少は糖分をくれてやらねえと、どんどん衰弱《すいじゃく》しちまうだろうがっ！」

「あ、そうか。ははは、すいません……」

綾乃と小龍は、鳩《はと》のようにクックッと笑いをこらえている。

僕《ぼく》は恥《は》ずかしさをごまかすように真顔で、

「で、どうなんですか。ちゃんと飲みこみましたか?」

「ああ、なんとか飲んだよ。そういう反射神経は働いてるみたいだな。さて、それじゃあ、そこのおふたりさん……」

綾乃と小龍へ向き直り、

「電話でそこのアホウからだいたいの話はきいたけど、正直いってあたしもまだ、わけがわからねえ。きちっと一から話してもらおうじゃねえか」

といって、ドカッとふたりの前にあぐらをかいた。


たんたんと語られるふたりの話は、現実に彼《かれ》らの力とファーマーと呼ばれる追っ手を目《ま》の当《あ》たりにした僕でさえも、にわかには信じがたかった。

彼らの逃《に》げてきた施設《しせつ》は『グリーンハウス』と呼ばれていて、この町からほんの10キロほど離《はな》れた山中にあり、そこには彼ら同様のサイキック、つまり超能力《ちょうのうりょく》をもった少年少女が、数十人も生活しているらしい。

彼《かれ》らはもともと高い素質を見いだされて集められた者たちで、そこで日々、能力開発のためのトレーニングを受けているのだ。

綾乃、小龍、条威、そしてもうひとり、彼らと一緒《いっしょ》に施設《しせつ》を逃《に》げ出《だ》した『海人』の4人は、その中でもトップクラスの能力をもつ有望株だった。

「なるほどね。それがほんとなら、とんでもねえ話だな」

灯山さんは、吸っていたタバコを怖《こわ》い顔でもみ消して、

「――なぁ、綾乃ちゃん。てことはお前らは、そのファーマーとかいう連中に誘拐《ゆうかい》されて『グリーンハウス』とやらに連れてこられたってわけかい？」

「誘拐されたわけじゃないんです。だまされて連れてこられたんです、あたしたち」

「だまされて？」

「はい。つかまってむりやり連れてこられた子もいるけど、そんなに多くはないと思う。タレントにしてやるっていわれて田舎《いなか》から出てこさせられた子とか、高校を出たばかりの男の子で、就職したつもりがいつのまにかっていうのも……」

「親は？　子供がもどらなかったら、黙《だま》ってねえだろ？」

「いえ、『グリーンハウス』で訓練を受けてたのは、みんな事故で両親をなくしたり、虐待《ぎゃくたい》を受けて親から離《はな》れて暮らしてたりする子たちばっかりでしたから」

「なるほど。家出しても不思議じゃねえ後くされのない立場のガキどもをねらって、かきあつめてやがるってわけか。そいつはムカツク話だな」

灯山さんは、そういってゲンコツで畳《たたみ》をたたいた。

「じゃあ、キミも親とかいないの？」

思わず、僕《ぼく》が口をはさむと、綾乃は苦笑いして、

「いないわけじゃないけど、会いたくはないかな」

「え？」

「あたしは、虐待されてたクチだからさ」

「……ご、ごめん」

「いいよ、別に。もう、離婚《りこん》して両親ともバラバラで、ふたりともどこでなにしてるかもわからないもん」

言葉がでなかった。彼女《かのじょ》は、僕なんかが想像もつかないようなつらい思いをしながら生きてきたのだ。たかだかタマネギをカレーにいれられたり、部屋に母さんや姉さんの服がぶら下がって

るくらいのことで居場所がないとかいって、ため息ばかりついていた自分が恥《は》ずかしかった。

もうこれ以上、彼《かれ》らの育った境遇《きょうぐう》を詮索《せんさく》するのはやめようと思った。

「あたしたち4人は、『グリーンハウス』に連れてこられる前から自分の力のことを知ってたし今と同じように使いこなせたんです。そういうのはすごく珍《めずら》しいらしくて、ファーマーはあたしたちのことを『野生種』って呼んでました」

「野生種？　どういう意味だよ？」

と僕《ぼく》がきくと、綾乃はたんたんとした口調で、

「天然モノの能力者って意味よ。それに対して、クスリとか機械とか催眠療法《さいみんりょうほう》なんかを使って、むりやり覚醒《かくせい》させた子たちは『栽培《さいばい》モノ』って呼ばれてたわ」

ショックだった。

まるで人間扱《あつか》いしていない。それこそ、ビニールハウスで採れるトマトかなにかみたいないいかただ。

「毎日、実験とかいって、いろんな無理なことをやらされて……まるで囚人《しゅうじん》でした。だから、あたしたち、逃《に》げ出《だ》してきたんです。条威の導きにしたがって……」

そういって、綾乃は条威を見た。

布団《ふとん》に寝《ね》かされている彼《かれ》の顔色は、あいかわらず蒼白《そうはく》で、めざめる気配はなかった。

ただ、乱れて額にはりついていた前髪《まえがみ》を灯山さんが整えてあげたせいもあって、さっき小屋で見たときよりは生気が感じられた。

「なるほど、だいたいの事情はのみこめたぜ」

灯山さんが、つぎのタバコに火をつけながらいった。

「――といっても、まだわからねえことだらけだがな。ファーマーとかいう連中が何者なのか、その『グリーンハウス』とかいう施設《しせつ》にしたって、どこのどいつが金をだして作ったシロモノかもわからねえ。けれど、頭のイカレたやつらがよからぬことを考えて、お前らみたいな妙《みょう》な力をもったガキどもをかきあつめてるってことだけは、どうやらまちがいなさそうだな」

「信じてくれるんですか？　あたしの話」

「信じるしかねえだろ。現に、翔のヤツがお前さんの幽体離脱《ゆうたいりだつ》とやらを見てるんだ。それに追っ手らしきやつらに銃《じゅう》で撃《う》たれたみてえだし、なによりそいつらが持ってたとかいうその銃やら妙な機械まで、こうしてここにあるんだからな」

灯山さんは、綾乃と小龍が渡《わた》したそれらを見ていった。

「よかった……大人が簡単に信じてくれるって思ってませんでした。今までだって、あたし自分の力のことをまわりの大人に話しても、ばかばかしいって笑うだけで信じてもらったこと、一度もなかったから……」

「まあ、普通《ふつう》はそうだろうな」

「かといって、目の前でやって見せたりしたら、ぜったいバケモノ扱《あつか》いされちゃうし」

「それも当然だろう」

「だいじょうぶ。灯山さんはキミたちをバケモノ扱いなんかしないよ。この人はすっごい変わり者だし、普通の大人じゃないからね」

いちおう、僕《ぼく》としては、ほめているつもりだった。

普通の大人というのは、僕にとっては本音で話したりできない相手なのだ。連中は、僕ら子供が本当にやりたいことや興味のあることにはまるで理解がなくて、僕らが関心がなくて面白《おもしろ》いとも思えないことばかりさせようとするんだから。

灯山さんも、どうやら僕の言葉を好意と受け取ってくれたらしく、

「ちぇっ、変わり者はお前も一緒《いっしょ》だろうが」

と、照《て》れ隠《かく》しなのか、わざと下品に鼻の穴から煙《けむり》をはき出しながら笑った。

「お願いします、灯山さん。あたしたちをしばらくかくまってください。つかまって連れもどさ

れたら、どんな仕打ちがまってるかわからない。お願いします！」

綾乃は、灯山さんにすがって何度も頭をさげた。

「うーん、そんなこといわれても、ここは学校の中だからなぁ」

「そこをなんとか頼《たの》みますよ、灯山さん。ねっ、僕《ぼく》からもお願いしますから」

「おいおい、翔。お前、すっかり仲間になっちまってるみたいだけど、いいのか？」

「いいのかって？」

「この子らの敵ってのは、ちょっとヤバい相手かもしれねえぞ。なんせ、全国から超能力《ちょうのうりょく》少年を集めて訓練してるんだ。バックにでっかいスポンサーがついてるこたぁ、まちがいねえ。想像を絶する大金持ちの個人か、あるいはヘタすっと政府レベルの組織かもしれねえ」

「せ、政府って、日本の？」

「いや、それはわからねえよ。外国かもしれねえ。ただ、昔っからどこぞの軍隊が超能力を戦争の道具につかおうとして開発してるってな話は、噂《うわさ》されてたしな」

「ほんとですか、それ」

「ああ。実際、旧ソ連とかじゃ、そういう研究機関があったらしい。アメリカだって、ペンタゴンあたりでやってるんじゃねえか、今でも」

「な、なんか詳《くわ》しいですね、灯山さん。意外だなぁ」

「意外って？」

「いや、灯山さんって、カンペキに体力派かと……」

「あ？　脳ミソまで筋肉だとでも思ってやがったか？　あたしゃ、健全な精神は健全な肉体に宿るってのが信条だから、拳法《けんぽう》もやるし筋トレもかかさねえけど、こうみえても大学じゃあ——いやまあいいや、ともかくヤバい相手なことはまちがいないから、うっかり関《かか》わるとえらいことに……」

「みんな、きて！」

条威の枕元《まくらもと》で様子をうかがっていた小龍が大声をあげた。

「——はやく！　条威がなにかいってるんです！」

「目がさめたの!?」

綾乃が転げるようにして条威の枕元によっていく。

「わからない。でも、なにかいおうとしてるみたいです」

僕《ぼく》たちは、息をひそめてその声をきき取ろうとした。

「なんていってる？」

「シッ。きこえないよ、翔。あたしにまかせろ」

灯山さんが、ほかの３人を制して、そっと枕元《まくらもと》に近づいて耳をそばだてる。

条威の血の気のうせた唇《くちびる》が、かすかに動いた。

まちがいない。なにかいおうとしている。

離《はな》れている僕《ぼく》にはほとんどきき取れなかったけれど、なんとなく、「ヨコハマ」という言葉がまじっているように思えた。

言葉をきき取るのをあきらめ、じっと横顔を見つめる。

すっきりと通った鼻筋、切れ長の目に、長いまつげ。ハーフということはなさそうだけれど、ちょっと変わった名前からしても、４分の１かその半分くらい西洋人の血がまじっているのだろうか。

目をあけて立ち上がったら、きっと女の子がキャアキャアいうような美少年だろう。

整いすぎていて、少し冷たい印象ではあるだろうけど。

そんなことを思いながらジッと見ていると、まつげが少し揺《ゆ》れた気がした。

さらに目をこらす。

「目をあけようとしてる！」

綾乃が叫《さけ》んだ。

「——条威、気がついたのね！　あたしよ、綾乃よ。小龍もいるわ！」

返事はない。

しかし、たしかに彼《かれ》は目をあけようとしている。

ゆっくりと、まぶたをもちあげる。

瞳《ひとみ》が見えた。

乾《かわ》いたような瞳には、まだ意思らしき光は宿っていないように思えた。

だが、彼は、たしかにその瞳で僕《ぼく》を見た。

そして、うっすらと口元に笑《え》みをうかべて、

「カケル……」

と、かすれた声でつぶやいて、ふたたび、かたく目を閉じてしまった。

綾乃は、それでも彼の名を叫びつづけた。

しかし、もうその目が開くことはなかった。

僕は、動揺《どうよう》していた。

なぜ今日はじめて会った、まだひとこともかわしていない彼が、僕の名前を知っているのだろ

う。そのことに驚《おどろ》いた以上に、僕《ぼく》はもっと不思議な感覚にとまどいを覚えていた。

僕は彼《かれ》に——条威に会ったことがある気がしたのだ。

一度や二度すれちがったとか、そういう意味ではない。

もっとずっと親しい仲間、遠く離《はな》れていた幼い日の親友に再会したかのような懐《なつ》かしさを彼の瞳《ひとみ》に感じたのである。

そんなはずはなかった。

条威なんて名前ははじめてきくし、仮に幼稚園《ようちえん》時代の友達だったとしても、懐かしい感じがするほど面影《おもかげ》が残ってるとは思えない。

ぼうぜんとしている僕に、灯山さんが耳打ちした。

「お前の名前、呼んだよな?」

僕は黙《だま》ってうなずいた。

「ここにくる前に、目をさましたのか、あの坊《ぼう》や」

今度は、黙って首を横に振《ふ》る。

「てことは、これも超能力《ちょうのうりょく》ってヤツか。いってえ、どんな力があるってんだ、この条威とかいう坊やには」

さすがの灯山さんも、すくなからずとまどっているようだった。

しかし、同時に好奇心《こうきしん》にワクワクしている様子もうかがえた。

年端《としは》もいかない少年たちを追いまわす得体のしれない連中にたいする義憤《ぎふん》も、ふつふつとわいてきているにちがいない。そういう人なのだ、灯山さんは。

「……ま、なんせこんな状態のガキを、ほっぽりだすわけにはいかねえよな。しょうがねえ、しばらく、この部屋に置いてやる。ただしこの坊《ぼう》やだけだ。布団《ふとん》がねえからな」

「は、はいっ、ありがとうございます！」

綾乃は気を取り直すように髪《かみ》をかきあげて、まだ条威の様子に気を引かれている小龍の裾《すそ》をひっぱって、一緒《いっしょ》に深々と頭をさげた。

「よっしゃ。じゃあ、翔。他《ほか》のふたりは、お前の家に泊《と》めてやれ」

「えっ、ぼ、僕《ぼく》の家ですか？」

「あたりまえだ。ちょうどいい具合に、お前んち今、家族が旅行でいないんだろ。一週間ひとりぐらしするんだとかって、はりきってたじゃねえか」

「そ、そうだけど……」

「だったらその間だけでも泊めてやれ。仲間だろ、お前らもう」

綾乃と小龍が、僕《ぼく》を見て微笑《ほほえ》んだ。

「は、はい、わかりました……」

そう答えるしかなかった。いわれたとおり、母さんたちが帰ってくるまでなら問題ないだろうけど、なんかどんどん深みにはまっていくような不安もあった。

「よし、決まりだ。じゃあ翔、さっさと綾乃と小龍をつれて、家に帰れや」

もう、ふたりを呼び捨てにしている。僕の場合もこんなふうに、会ったその日に『翔』と呼び捨てにされた。年の離《はな》れた兄——姉ではなくて——ができたような気がして、とてもうれしかったのを覚えている。

「あっ、ちょっと待って、灯山さん」

「あん？　なんだ、翔」

「さっき、その……条威クン、なんていったんですか？」

それをきかなければ、帰宅してもとても眠《ねむ》れそうにない。

「よくわからねえけど、横浜《よこはま》にいる、とかっていってたぜ。それと、カイトとか、無事とかって言葉もきき取れたな……」

「海人！　海人が横浜にいるんだわ、きっと！」

と、綾乃。

「やっぱり無事なんですね、海人さんも！」

小龍も興奮ぎみに声をあげる。

谷川に飛びこんだという話といい、彼《かれ》らは条威のひとことに一喜一憂《いっきいちゆう》している。

まるで、教祖のご神託《しんたく》のように。

ご神託？

待てよ。

ひょっとして、彼《かれ》の『能力』というのは……。

「ほら、もう帰れ、中学生っ！」

せっかく出かかった思いつきを、灯山さんの強烈《きょうれつ》なデコピンがふっとばした。

「――帰って明日の準備でもしとけ」

「準備？」

「そうだよ。明日からゴールデンウイークだ。横浜、行ってみるんだろ、こいつらと」

「ほんとですか、翔さん！」

小龍は、それをきいて小躍《こおど》りして手をたたいた。

「ありがとう、翔くん！」

綾乃に手を握《にぎ》られて、僕《ぼく》としてはもう、うなずくしかなかった。

「はいっていいよ、ふたりとも。誰《だれ》もいないから」

綾乃と小龍を招き入れると、僕はすぐにドアに鍵《かぎ》とチェーンをかけた。

ふたりを追っている連中がくるかもしれないと思ったからだが、ほんとうにきたら、ドアに鍵をかけたくらいではどうしようもないだろう。

「きれいな家だね、すごく。いいな、家族がいて」

綾乃は、ほんとうにうらやましそうにいった。

彼女《かのじょ》にも両親がいるはずだが、虐待《ぎゃくたい》されていたそうだから、『家族』とはいえない存在だったのだろう。

そんな彼女の気持ちを思うと、母さんたちと旅行に行くのをきらって家にひとりで残ったなんていえない。

「でも、どうしてひとりで残ったの？　みんなと一緒《いっしょ》に旅行に行かずに」

とうぜんきかれるだろうと思ったので、ここまでの道のりで考えておいた嘘《うそ》を口にする。

「ああ、ゴールデンウイークっていっても、連休と連休の間の平日は学校があるからね。旅行なんかで休むのはいやだから、僕《ぼく》だけ残ることにしたんだ」

ほんとうは、ゴールデンウイークの中日《なかび》なんか、クラスの半分が休んでるような学校なのだ。

「へーっ、マジメなんだね、翔くん」

「綾乃さん、学校は？」

「あたしはもう、1年以上行ってないかな」

またよけいなことをきいてしまった。

そういうことを詮索《せんさく》するのはやめようと決めたのに。

でも、綾乃のほうは、さほど気にするようすもなく、

「キミの部屋、行ってみていい？」

と、楽しそうに階段をかけあがっていく。

「えっ、ちょ、ちょっと待ってくれよ。勝手に入られると……」

見られちゃまずいものもあるんだから。

あわてて追いかけると、彼女《かのじょ》はもう勝手に僕の部屋にはいっていた。

「あれっ、なんでここが僕の部屋だってわかったの？」

「さっき一度きたじゃん。忘れたの？」

「あっ……」

そういわれて、つい綾乃の裸《はだか》を思い出してしまった。

「あっ、へんなこと、思い出したでしょ？」

「な、なにいってんだよ、そんなわけないだろ？」

彼女《かのじょ》は心を読む力もあるのだろうか。いや、まさかそんな……。

だったら大変だ。おちおち妄想《もうそう》もできやしない。

どぎまぎしていると、綾乃はどんどん勝手に僕《ぼく》の机の引き出しをあけたりしはじめた。

「わっ、よせって！　なにしだすんだよ、いきなり」

「ふふっ、さっきあたしの恥《は》ずかしい格好見られたから、キミの恥ずかしいものも見つけてやるんだ～」

それは、すぐに見つかってしまった。

引き出しにしまってあった、フィギュアの数々。

べつに趣味《しゅみ》なんだし恥ずかしがる必要はないんだろうけど。でも、やっぱり暗いヤツだと思われる気がした。それに、姉たちにも指摘《してき》されたとおり、ちょっとエッチな衣装を着た王女サラのフィギュアもあるのだ。

「わっ、カワイイ！」

綾乃は、そういって王女サラを手にとった。

「すっごーい、ねえこれ、みんなキミが作ったの？」

意外な反応だった。姉たちとは正反対だ。

「うん、まあね。デザインからなにから、全部自分でやったんだ」

「へーっ、すごいね」

ほんとうにそう思ってくれてる表情で、しげしげと僕《ぼく》の傑作《けっさく》を見ている綾乃の様子に、僕もつい調子に乗ってしまう。

「その女の子はサラっていう王女様で、僕のオリジナルキャラ。こういうのフィギュアっていって、アートのひとつなんだぜ。オタクっぽいとか、ガキみたいだとかいわれるんだけど、現代美術作家の村上隆《むらかみたかし》とか世界的なアーティストもでてる世界なんだ」

「じゃあ、翔くんもアーティストめざしてるの？」

「いや、僕はそういうつもりで作ってるわけじゃ……」

思わず口ごもってしまった。

そこまでのことは、考えたことがなかった。

将来の夢とか仕事とか、そんなことのために作っていたわけじゃない。ただ、僕《ぼく》がずっと思《おも》い描《えが》いていた夢の、ひとつの形であることはまちがいなかったのだけれど。

そう、僕の夢は、ヒーローだ。

強いヒーローになって、危険な目にあってる女の子を助けて、一緒《いっしょ》に冒険《ぼうけん》の旅にでる。そんな夢を思い描いて、僕はフィギュアという形でそれを表現してきたのだ。

「あ、こっちはキミでしょ？　似てる似てる！」

綾乃は、僕自身に見立てて作った『カケル』フィギュアと王女サラを両手にもって、人形芝居《しばい》をはじめた。

「きゃーっ、助けて、カケル様！　サラは悪いやつらに追われてるんです！　なにっ、それは大変だっ。僕にまかせてくれっ」

「あははは」

笑いながら、僕は悪役の魔道士《まどうし》たちをだして、芝居に加わる。

「こら〜っ、キサマなにものだっ。われら魔道士に逆らうなら、キサマも呪《のろ》いの魔力で八《や》つ裂《ざ》きにしてやる〜っ」

「きゃーっ、助けてっ」

僕《ぼく》は、想像の中で王女サラを綾乃に重ねていた。

きっとこのとき、僕はもう、彼女《かのじょ》のことを好きになりかけていたのだと思う。

けれど、僕には『剣《けん》』がなかった。

だからたぶん、僕には彼女を守ってやれない。さっきみたいに守られることはあるかもしれないけど。

僕にできることは、せめて彼女たちが無事に逃《に》げおおせるように手助けしてあげることくらいだった。

笑《わら》い疲《つか》れてリビングにおりていくと、ソファの上でまるくなって小龍が寝息《ねいき》をたてていた。

赤《あか》ん坊《ぼう》のように親指をくわえて眠《ねむ》っている顔は、12歳《さい》という年よりもずっと子供っぽくみえた。

僕は、客間からもってきた布団《ふとん》を小龍にかけてやると、綾乃に風呂《ふろ》にはいるよう勧《すす》めた。

その夜は、綾乃を僕の部屋で寝かせ、僕は両親の部屋のダブルベッドで寝た。もちろん僕のベッドのマットレスの下に隠《かく》してあるエッチな本は、別の場所に移しておいた。

明日は横浜に、もうひとりの超能力《ちょうのうりょく》少年を探しに行く。

母さんたちが帰ってくるまでの間に、僕は彼らのためにできるだけのことをしてあげたいと思った。

そんなことを考えながらも、ベッドに入ったとたんどっと疲《つか》れがでて、僕《ぼく》はあっというまに深い眠《ねむ》りにおちていた。

3　3人のサイキック

その建物は、紙の箱のようだった。

もやのかかった緑深い森の奥《おく》に、誰《だれ》かが忘れていったかのようにポツンとたたずむ白い立方体の建築物は、ちょうどバースデーケーキを収める箱によく似ていたのだ。

しかし、その外見に似あわず、建物は『グリーンハウス』と呼ばれていた。

広大な私有地の奥に建てられたこの奇妙《きみょう》な施設《しせつ》が、表向きは農業試験場として申請《しんせい》されたからである。だが、じっさいは内部には植物など皆無《かいむ》で、働く者の気持ちをいやすために、たいがいのオフィスにおかれているような観葉植物や花瓶《かびん》の花さえも見当たらない。

壁《かべ》は白でいっさいの飾《かざ》りけがない。廊下《ろうか》は無機質なリノリウムである。

天井《てんじょう》にはむき出しの蛍光灯《けいこうとう》が備えつけられていて、24時間休まずにその冷たい白色の光で館内を照らしつづけていた。

この日の『グリーンハウス』は、朝からひどくあわただしかった。

カテゴリ・ワン、つまり実用レベルにまで開発の進んだ能力者たちはすべて実験棟《じっけんとう》に集められて、朝食のあとからずっと厳しい実戦トレーニングに励《はげ》んでいる。午後2時に『グリーンハウス』で開かれる『フロンティア委員会』のメンバーが、訓練を積んでいる能力者たちを視察にくるからだった。

ファーマーという隠語《いんご》で呼ばれている教官たちの中には、担当している能力者たちに基準の倍もの薬物を与《あた》えたり、許容量を超《こ》える覚醒《かくせい》電磁波を当てている連中もいた。

「どいつもこいつも、わかってないんだ」

この施設《しせつ》に3人いる能力開発主任のひとり生島荒太《いくしまあらた》は、目標達成に必死になっているファーマーたちの様子を見まわりながらはき捨てるようにつぶやいた。

能力開発のための薬物は、依存性《いぞんせい》が高いうえに、効果は一時的な場合が多いことがわかってきている。あくまでも能力をのばすきっかけとして使用するべきなのだ。薬物中毒になれば、パワーをコントロールするために必要な精神力を失い、能力の破滅的《はめつてき》暴走という危険な状態をまねくことすらある。

ましてや覚醒電磁波などは、ヘタをすると脳腫瘍《のうしゅよう》を引き起こし、大事な素質者を失うことになりかねないのだ。

それに、よしんば薬物などで強力なサイキックとして覚醒《かくせい》したとしても、しょせんは『栽培種《さいばいしゅ》』である。『野生種』のもつ応用力や柔軟性《じゅうなんせい》を身につけることは容易ではない。

つくづく、逃《に》げ出《だ》した4人のもっていた可能性は、ケタちがいだった。

最初から訓練もなしに能力を器用に使いこなしていたあの4人の『野生種』たちは、この『グリーンハウス』に連れてこられたときから、すでにカテゴリ・ワンに属していたのだ。

とくにあの天才児、条威《ジョーイ》の能力には驚《おどろ》かされた。条威のもつ『あの力』のことだけは、いまだに生島の中だけの秘密なのである。

もし、あの条威の力を完璧《かんぺき》に開発し、彼《かれ》を手なずけることができたら……。

それが、生島のひそかな野望だった。

ファーマーの中には、『栽培種』たちの荒《あら》っぽいが爆発的《ばくはつてき》なパワーを過大評価し、力のボルテージだけ見ればむしろ劣《おと》っている『野生種』にも薬物や覚醒電磁波を使うべきだと主張する者もいる。

しかし、生島は頑固《がんこ》に反対していた。

彼らは、自分たちの力の限界を知ったうえで、まるで手足のように自在に使いこなしているのだから、単純な訓練だけで充分《じゅうぶん》に成長していけるというのが、生島の考えだった。

だがそれは皮肉にも、4人の『野生種』たちがやってのけた鮮《あざ》やかな逃亡劇《とうぼうげき》によって証明されることになってしまったのだ。

生島は、くやんでもくやみきれないといった様子で、いらだたしげに舌打ちして、所長の唐木《からき》右道《うどう》の待つ執務室《しつむしつ》に向かった。

4人もの能力者が逃亡《とうぼう》した直接の責任は、現場の警備にあたっていた新入りのファーマーたちにあり、すでに厳しく処分された。だが、彼《かれ》らをまとめている開発主任の生島は、たとえ部下のミスによる失態だとしても、責任を取らされる立場だった。

「失礼します、唐木所長」

ノックをして、返事を待たずにドアをあけた。所長の執務室は患者《かんじゃ》のいない病室のようにガランとしていて、壁《かべ》も天井《てんじょう》もテーブルもなにもかもがまっ白で、パソコンさえもわざわざ白く塗《と》装《そう》されている。

主《あるじ》である唐木の異常な潔癖《けっぺき》ぶりがよく表れている部屋である。

唐木はパソコンの前にはりついていた。入室した生島を見ようともしないでキーボードをたたいている。

「生島です。およびでしょうか」

生島は、わざと靴音《くつおと》をたてながら唐木に近づいていった。

唐木はふりむかずに応《こた》えた。

「もうじき、『マスカレード』の連中がやってくるのは、知っているな?」

「はい、もちろん存じあげております」

マスカレード。月に1度または緊急時《きんきゅうじ》に開かれる、この『グリーンハウス』を立ち上げた財界人グループの会議を、ファーマーたちはそう呼んでいる。

正式には『フロンティア委員会』というが、メンバー全員がマスクで顔を隠《かく》して現れることから、いつのまにかマスカレード——仮面舞踏会《ぶとうかい》と呼ばれるようになったのだ。

「生島くん、キミも今回の『マスカレード』に招集されたよ」

生島は、全身にいやな汗《あせ》が吹《ふ》きだすのを感じた。

よくて格下げ、最悪の場合、結社そのものを除名されるかもしれない。

これまでにも失敗をかさねたファーマーが何人か除名処分にされて『グリーンハウス』から姿を消した。唐木所長は、秘密を守るためにやむをえず薬物と電気ショック療法《りょうほう》による記憶《きおく》の消去をほどこしたといっているが、はたして本当だろうか。

殺されたのではないのだろうか。

いや、仮に殺されなかったとしても、脳神経に作用する強力な薬物と電気ショックで無理やり記憶《きおく》を消されれば、なんらかの後遺症《こういしょう》が残ることはまちがいない。しかも、通常は数か月から1〜2年単位で新しい記憶がざっくりと消されることになるのだが、ともすると過去10年間の記憶をすべて失うケースもあるという。

これまで報酬《ほうしゅう》として手にした大金は残るにせよ、そんな状態でまっとうな生活ができるとは思えない。

つまり、生島をふくめた『グリーンハウス』の教官――ファーマーたちにとって、除名処分とはすなわち転落を意味するのだった。

生島の額に吹《ふ》きだした汗《あせ》を見て、唐木はさげすむように笑って、

「おびえる必要はない。それはむしろ、キミにチャンスを与《あた》えようという『マスカレード』のメンバーの配慮《はいりょ》だと思いたまえ。彼《かれ》らはキミのプランをききたがっているのだよ。どのようにして逃亡《とうぼう》した4人を捕獲《ほかく》するか、キミにも考えがあるはずだ。それを、会議の場で発表したまえ。彼らを納得《なっとく》させられれば、キミの処分は保留される」

「もちろんプランはできています。そのために、カテゴリ・ワンの能力者を何人かお借りするこ

とになると思いますが」

生島は、つとめて動揺《どうよう》をこらえながらいった。

「ほう？　どういう考えか、先にきいておきたいな、生島くん」

「はい、私はこのたびの一件は、カテゴリ・ワンの能力者たちを実戦投入するいい機会であると考えています。彼《かれ》らほどの強力なサイキックを相手にしては、いかに手練《てだれ》のファーマーたちでも簡単に捕獲《ほかく》できるとは思えません。したがって、目には目を、サイキックの相手には、同等かあるいはそれ以上のパワーのサイキックをもってかかるのが一番かと」

「なるほど、それは名案かもしれんな。いずれは越《こ》えねばならぬハードルだ。いっそこの機会に試《ため》しておくのもよかろう」

「はっ、ありがとうございます」

それは生島の本意ではなかった。カテゴリ・ワンの能力者38名の中でも、実戦投入できるレベルの者は、ほんの10人ていどである。いずれもパワーは逃亡《とうぼう》した4人をむしろ上回るが、精神的に未熟で薬物や覚醒《かくせい》電磁波によって急激にめざめた自分の能力に酔《よ》っている。へたをすると力余って敵を殺してしまいかねない危《あや》うさがあるのだ。

珍《めずら》しい『野生種』である条威たち4人はまだ能力のボルテージこそ高くないが、その素質はトップレベルで精神的にも安定している。できれば生け捕《い》り《ど》にして、またこの『グリーンハウス』で訓練をつづけたい。

しかし……。

残念ながらその余裕《よゆう》はないようだ。

ここで失敗すれば、生島自身の立場があぶない。

最悪のケースとして、条威たちが実戦投入した『栽培《さいばい》モノ』のサイキックたちに敗《やぶ》れて命を落としたとしても、それは初の実戦成果として『マスカレード』には評価されるだろう。

「すぐに実戦投入メンバーの選定に入りたまえ。『マスカレード』までには、リストアップしておくように」

といって、唐木は首だけをひねって生島の表情をうかがった。

「はい、すでにベストメンバーをそろえて、ここに呼んであります」

「なに？」

「将《ショウ》、猛丸《たけまる》、麻耶《マヤ》の3人です。すぐにつれてまいりますので……」

「もう、入ってますよ、生島さん」

その声は、まるで注意をはらっていなかった方角から、ふいに耳に飛びこんできた。唐木はもちろん、声の主を呼びつけた生島までが胆《きも》をつぶした。

声を追ってあたりを見まわすと、執務室《しつむしつ》の奥《おく》の白いソファに、いつのまにか茶髪《ちゃぱつ》の少年が座《すわ》っていた。テーブルに足を投げだして、ふんぞりかえっている。

「勝手に入らせてもらいましたよ、唐木所長」

「将……いつのまに……」

彼《かれ》の能力を知っている生島でさえも、思わずそんな言葉が口をつく。

それほどに、いるはずのない場所にふいに現れる将の神出鬼没《しんしゅつきぼつ》ぶりは、目を見はるものがあった。

「あとのふたり——猛丸と麻耶はどうした?」

「麻耶はあのドアの向こうで待ってますよ、所長さん。おふたりに、なにかお見せするようにいいましょうか?」

将がいったとたん、その言葉に呼びだされたかのように、生島と唐木所長の目の前に大勢のくさり果てた生き死体——ゾンビが出現した。

「うわあっ!」

飢《う》えた獣《けもの》のようにうなりながら迫《せま》ってくるゾンビの群れに、さしもの冷徹《れいてつ》な唐木も子供のように悲鳴をあげた。

「よ、よせっ、麻耶っ。わかった！」

生島が叫《さけ》ぶと、ゾンビは、たちどころに消えうせてしまう。

将は薄笑《うすわら》いを浮《う》かべてさらに、

「おおい、猛丸！」

と、ドアの外にきこえるように呼びかけた。とたんに唐木のすわっているイスが、ガタガタと音をたてて躍《おど》りだす。

「——こういう具合に、猛丸もすぐそこにいますよ。呼びますか？」

「いや、いい。やめてくれ！」

唐木所長は、振《ふ》り落《お》とされないようにイスにしがみつきながら、

「——もういい。充分《じゅうぶん》わかったよ、キミらの力は。この様子ならまかせられそうだ。いいかね、きいていると思うがキミらの任務は、逃亡《とうぼう》した仲間の捕獲《ほかく》だ。必ず私の前につれてきたまえ。できれば生きたまま、しかし最悪の場合は……」

「ふっ。まかせてくださいよ、オレら3人に……」

いうが早いか、将の姿は幻《まぼろし》のようにかき消えた。

それを確かめると、唐木は憎々《にくにく》しげにつぶやいた。

「バケモノどもめ……」

それを『作れ』と命じたのはアンタだ、と生島は思った。

そして、作ったのは自分だとも……。

サイキック・モンスターと化した3人の若者が、ついに野に放たれる。

超能力者《ちょうのうりょくしゃ》同士の命がけの闘《たたか》いとはどんなものなのか、まだ誰《だれ》も知らない。その結末は、生島にさえも想像がつかなかった。


「翔《カケル》くん、おいしそうじゃない、あのおっきい肉まんも」

綾乃《あやの》が、子供のように飛びはねながらいった。

「食べたいなら買ってもいいよ。いちおう、こづかいありったけ持ってきたから」

僕《ぼく》は財布《さいふ》をだして店先で肉まんをふかしているオジサンに近づいて、

「肉まん、ひとつください」

と、ケチくさいことをいった。

実はここにくるまでにさんざん飲み食いをして、もう帰りの電車賃をのぞくとそんなに使える金が残っていないのだ。

横浜《よこはま》にくるのは、かれこれ1年ぶりだ。父さんが単身赴任《ふにん》する前は、休みの日によくドライブがてら連れてきてもらっていた。父さんは特にこの中華街《ちゅうかがい》が好きで、入り組んだ路地の奥《おく》まで知りつくしているのが自慢《じまん》だった。

そんな父さんでも、ぜったいに足を踏《ふ》み入《い》れない場所があった。中華街の端《はし》っこにくっついているゴミゴミとした未開発地域で、父さんいわくそこからは中華街とはいわないそうだ。一部の住人から『無国籍街《むこくせきがい》』と呼ばれているというその危険地帯は、中国語だけでなく世界各国の言葉が書かれた看板がところせましと掲《かか》げられ、危なそうな雰囲気《ふんいき》らしい。

建物のほとんどは古い空き室だらけのビルだそうで、たまに店があっても、なにやら怪《あや》しげな雰囲気で看板とぜんぜんちがう非合法品を売っていたりするのだという。

そう遠くないうちに全部取りこわして再開発する計画が持ち上がっているらしく、そのせいもあって、ここ数年はかえって荒《あ》れて危険度が増しているのだと、以前父さんがいっていた。

小龍《シャオロン》が、中国語で地元の人たちに尋《たず》ねてまわって得た情報によれば、一緒《いっしょ》に『グリーンハウス』から逃《に》げた仲間のひとりは、どうやらその『無国籍街』にいるようだった。

父さんから、ぜったいに近づかないようにいわれていた危険地帯に行くときいて、僕《ぼく》はすっかりビビってしまった。だから、さっきからことあるごとに小龍や綾乃におごって散財しているのだ。恐喝《きょうかつ》でもされてせっかくためたこづかいをぶんどられるなら、いっそ今のうちに食べ物でも買って腹にいれてしまえ、というわけである。

それに、綾乃が喜ぶ顔を見るのは、なんだか僕《ぼく》もうれしかった。

「おいしいよ、翔くん。ほら」

と、綾乃がホカホカの特大肉まんを半分ちぎってくれる。

僕は、湯気のあがる肉まんの端《はし》にぱくついて、熱さに涙《なみだ》をにじませる。

なんか、すごく楽しい。

すれちがう若い男たちが、モデルかアイドルみたいに可愛《かわい》くてすらっとしている綾乃を振《ふ》り返《かえ》って見ていく。綾乃の服装は灯山《ひやま》さんからの借り物のブカブカのTシャツとサイズの大きすぎるジーンズだけれど、スタイルがよくて目鼻だちの整った女の子が着ると、それはそれでサマになるというか、むしろイナセでかっこいい。

まわりからは僕らはどう見えているのだろう。

モデルばりの美少女と、自分でいうのもなんだけどいかにも平凡《へいぼん》そうな中学生。それに、中華街の店員たちに中国語で道をたずねている少年……。

ちなみに小龍の着ている服は、僕《ぼく》の小さくなったお古で、サイズはぴったりだ。これまた、なかなかにキマっている。僕が着ていたときは、ぜんぜんどうってことない普段着《ふだんぎ》だったのだけど。小龍には、12歳《さい》という年齢《ねんれい》にそぐわない、えもいわれぬ崩《くず》れたかっこよさがあるのだ。

着古した服が似合う12歳なんて。いったいどういう生きかたをしてきたら、そんな雰囲気《ふんいき》が身につくのだろう。

肩《かた》の力の抜《ぬ》けた自然体で滑《すべ》るように歩いていく小龍を横目で見ながら、僕はそんなことを考えていた。

ふと、目が合う。とっさに僕は、

「小龍も食べる?」

と、綾乃からもらった半分をさらに半分にわけて、小龍にさしだした。

「ありがと、翔さん。わあ、あったかい」

昨日会ったばかりのときは無表情に思えた彼《かれ》も、こうして一緒《いっしょ》にいるうちに打ち解けてきてくれたのか、よく笑うようになってきている。

僕のほうも、昨日会ったばかりとは思えないくらいこのふたりに親近感を覚えはじめていた。

やっぱり、一緒に銃《じゅう》を持った敵と命がけで渡《わた》り合《あ》った仲だからかな。

といっても、僕《ぼく》はべつになにもしてないけど。

本当はそろそろ、ききそびれた条威の『力』ってやつを尋《たず》ねてもいいかなと思っていたが、それを口にしたがためにまたよそよそしくなってしまったら、なんだか悲しいし……。

まあ、それは条威の意識がもどったら、きっとわかるにちがいない。

彼《かれ》はまだ目をさまさないが、どういうわけか医学の心得があるらしき灯山さんが、早く回復するようにいろいろと手を尽《つ》くしてくれているはずだった。

僕たち3人はその間に、一緒《いっしょ》に逃《に》げた仲間のひとりだという、海人《カイト》という僕と同い年の少年を探しに横浜を訪《おとず》れたのである。

「翔さん、綾乃さん、この通りを1本へだてた向こう側は、もう『無国籍街』ですよ」

小龍は、もごもごと肉まんをほおばりながらいった。

「あそこのどこかに、海人がいるのね……」

と、綾乃。

たしかに、通りの向こうの町並みは、いきなり雰囲気《ふんいき》がちがって見える。看板だけでなく、歩いてる人たちも『無国籍』に思えた。

「だいじょうぶかな、僕たちだけで、あんなとこ、うろついて……」

いきなり弱気になる。

「平気よ。あたしと小龍がついてるじゃない」

そうだった。

彼《かれ》らは超能力者《ちょうのうりょくしゃ》なのだ。

銃《じゅう》を持った敵を、一瞬《いっしゅん》にして撃退《げきたい》する、すごいふたりなのだった。

そう考えると、無理してお金を使わなくても、お金をせびってくる不良なんか、イッパツでやっつけてくれたかも……。

「ほら、早くきなよ、ふたりとも。置いてっちゃうぞ」

綾乃は気がせくのか、駆《か》け足《あし》で通りをわたって『無国籍街』に向かった。

小龍も僕《ぼく》も、あわててあとを追った。


通りひとつ隔《へだ》てたそこは、まるで別の町だった。

父さんのいったとおり、中国語をはじめとして、英語に似た文字や韓国語《かんこくご》のハングル文字、どこの国かもわからない東南アジアか中近東あたりの文字などで書かれた看板が、ところ狭《せま》しとひしめき合っている。

人通りはそこそこに多いのだが、半分以上がアジア系か中近東系の外国人。しかも、奥《おく》に行けば行くほど、ブツブツとひとりごとをいっている危なそうなオヤジやら、髪《かみ》を金色や赤に染めて暗い顔をした連中がふえていく。

道に投げ捨てられたゴミがそのまま何度も踏《ふ》みつけられ、アスファルトの染《し》みとなってあちこちにこびりついていて、傾《かたむ》いた電柱の下には必ずといっていいほどゴミがたまっていた。よく見ると、ネズミやネコの死骸《しがい》が放置されていたりもする。

「ひゃーっ、こんなトコが日本にあったんだなぁ……」

思わずつぶやくと、小龍はクスッと笑って、

「僕《ぼく》が3年前まで住んでた中国の福建省《ふっけんしょう》ってとこには、もっと怖《こわ》い場所がいくらでもありましたけどね」

「えっ、小龍って、3年前まで中国にいたの?」

「はい。両親に連れられて日本にきたんです。お母さんが日本人だったから、僕はすぐに日本の国籍《こくせき》がもらえて小学校にも通えたけど、お父さんはなかなか帰化がうまくいかなくて、仕事も見つからなかった。それで2年前に、お母さんと僕をおいて、中国に帰っちゃいました」

「えっ。じゃあ、お母さんはどうしてるの? キミがいなくなっちゃって、ひとりで心配してる

んじゃ……」

「いえ、そのすぐあと母さんも、世話になってた整体師のオジサンのとこに僕《ぼく》をあずけて、どこかにいなくなっちゃいましたし。僕は『気功』が使えたから、それを使ってオジサンの治療《ちりょう》でも手伝えば、食べていけるだろうってことなんでしょうけど」

「そうなんだ……」

としかいえなかった。

小龍が微笑《ほほえ》みながらあまりにもたんたんと話すので、なんとなく同情の言葉は口にできなかった。きっと彼《かれ》は同情されたいなんて思っていない。ひとりで生きてきた自分に誇《ほこ》りをもっているにちがいない。そういう笑顔だった。

そんなことを話しながら早足で歩いていると、いつのまにか人通りの少ない薄暗《うすぐら》い裏通りに出ていた。

壁《かべ》に書かれたラクガキが増えていて、こわれかけた建物やら壁やらがめだちはじめ、地べたに座《すわ》りこんでいる浮浪者《ふろうしゃ》や汚《よご》れた服の少年たちが、早足で通りすぎる僕らを上目づかいでジッと見ている。

「な、なあ、綾乃さん、小龍くん。だいじょうぶなの？　だいぶ奥《おく》にきたし、なんか危ない感じだよ？」

と、僕《ぼく》。

　さしもの綾乃も、先ほどまでの勢いはない自信なげないいかたで、

「わかってるけど、しょうがないのよ。海人らしき男の子が半年くらい前まで、仲間とこの『無国籍街』の奥《おく》のあのビルの裏の広場にいつもたむろってたって話なんだから……」

と、ひときわ高い10階建てくらいの古いビルをさした。

「そういえば海人さんって、横浜の中華街の近くに仲間とずっと住んでたっていってましたからね。きっと、僕たちとはぐれたから、とりあえず地元の仲間のところにもどったんですよ」

「そうなのかな……」

　ふと、綾乃は不安げな表情をみせた。

「そうって？」

「ううん、なんでもない。いそご。たしかにちょっと怖《こわ》い感じの場所だし、さっさと海人のこと見つけて、こんなとこ……」

と、小龍。

「へーっ、めずらしいじゃんかぁ？」

ふいに、あざけるような笑いの混じった声がした。

立ちどまった僕《ぼく》らの前に、いきなり5人の男たちがバラバラと路地から飛び出してくる。

「こんなトコになにしにきたの～？　ボクたちぃ？」

「アブアブよお～？」

「お金くれにきたんじゃん？　カッカッカ」

「わお。女の子もいるよー、金子クン」

「しっかも、こりゃー、ハンパなくカワイイべえ？」

ニヤニヤ笑いを浮《う》かべながら、5人は僕たちを品定めしている。

でた、と僕は心の中でつぶやいた。

案の定だ。

「ほらっ、いったこっちゃないっ。どうするんだよ、ふたりとも！　自慢《じまん》じゃないけど、僕はケンカなんかしたことないんだぞ！」

カッコ悪いとは思いつつも、そうとでもいうしかない。

彼《かれ》らふたりにここはまかせるしかないのだ。

昨夜《ゆうべ》寝《ね》る前に思ったことと、まるで矛盾《むじゅん》するけどしかたない。

だって僕《ぼく》はただの中学生で、彼《かれ》らふたりは怪《あや》しげな施設《しせつ》で修業をつんだ超能力者《ちょうのうりょくしゃ》なんだから。

「わかってる。キミのことはあたしたちがぜったいに守るから、後ろに隠《かく》れてて、翔くん」

「そうしてください。僕たちにまかせて」

落ち着いた顔で、ふたりが不良どもの前に進みでた。

「あれぇ？　可愛《かわい》いおふたりさんが、な〜にしてくれるのかなぁ？　へへへ」

不良たちの親玉なのか、なぜか耳以外の顔のあちこちにピアスをした坊主頭《ぼうずあたま》の男が、舌なめずりをしながら近づいてくる。

こんな怖《こわ》い顔の人間を間近で見るのは初めての経験だった。もうオシッコをちびるんじゃないかと心配になるくらいビビりまくって、

「ね、ねえっ、やめようよふたりともっ。やっぱ無理だよ、逃《に》げたほうが……」

と、綾乃の肩《かた》をつかんだ。

そのとたん、ガクン、と綾乃の体から力が抜《ぬ》け、僕のほうに寄りかかってきた。あわてて、彼《か》女《のじょ》の体を支えた僕は、はじまった、と直感した。昨夜《ゆうべ》の『あれ』だ。

幽体離脱《ゆうたいりだつ》！

同時に、目の前の顔面ピアス男の表情から、笑《え》みが不自然に消えうせる。

綾乃が憑依《ひょうい》した！

彼《かれ》の目は、宙を泳ぐようにフラフラと上下左右を行き来し、ゆっくりと僕《ぼく》たちと反対の、つまり仲間がいるほうに向けられた。

「どうしたんスか、金子さん？」

伸《の》ばしたまっ赤な髪《かみ》を後ろでしばった男が声をかけた次の瞬間《しゅんかん》、金子と呼ばれたピアス男は、野獣《やじゅう》のような声をあげて暴れ出した。

やみくもにふりまわす毛むくじゃらのぶっとい腕《うで》に巻きこまれて、５人の不良たちのうちふたりがぶっとんだ。ひとりがショーウインドーに突《つ》っこみ、ガラスがはでな音をたててくだける。

「て、てめえ、なにやった、コラ！　催眠術《さいみんじゅつ》でもかけたんか？」

金子の突然《とつぜん》の暴走をかいくぐったひとりが、小龍の胸《むな》ぐらをつかもうと手を伸ばす。

だが、その男の胸に小龍はゆっくりと、ちょうど公園で老人とかがたまにやってる太極拳《たいきょくけん》のような動きで掌《てのひら》を当てた。

「はうっ!?」

ただそれだけのことで、男はへんな声をたててはじけとんだ。アスファルトにたたきつけられてそのまま電池がきれたように動かなくなった。

これが、小龍の使う『気』ってヤツらしい。

昨日、僕《ぼく》を吹《ふ》っ飛《と》ばした、あの突風《とっぷう》のようなショックである。

ふれただけで首ひとつ身長のちがう相手を倒《たお》してしまうのだから恐《おそ》ろしい。

金子はすでに自分から頭を壁《かべ》にたたきつけて倒れている。

残りはひとり。なにが起こったのかさえわからず、口をポカンとあけたままで腰《こし》をぬかしている。

「仲間を呼ぶと困るから、この人も眠《ねむ》らせておいたほうがいいね……」

そういって、小龍は冷酷《れいこく》そうに目を細めて、最後のひとりに2メートル以上離《はな》れた場所から掌《てのひら》をむけた。

「コオオオ……」

小龍が、胸の奥《おく》から息をおもいきりはき出すような声を出しはじめたそのときだった。

古いビルの出入り口に無造作につまれた雑誌の束や、道ばたに放置された段ボール、コンビニ袋《ぶくろ》などが、なんの前ぶれもなくいっせいに炎《ほのお》を噴《ふ》きはじめたのだ。

「わあっ、な、なに？　いきなりゴミに火が火が～～っ！」

なにがなんだかわからないことには、昨夜《ゆうべ》からそうとう慣れていたつもりだったけれど、やっぱり驚《おどろ》いて声をあげてしまった。

「だいじょうぶ……仲間よ」

幽体離脱《ゆうたいりだつ》からもどった綾乃は、驚いた様子もなく僕《ぼく》の手を握《にぎ》っておちつかせようとする。

「――彼《かれ》は、念じることで、こんなふうに炎《ほのお》をつくり出せるの」

発火能力ということだろうか。ということは、この近くに探していたもうひとりの超能力者《ちょうのうりょくしゃ》がいる？

「もういいだろ、小龍」

不良たちが飛び出してきた路地からの声だった。

すこしかすれたような、でもまだ子供っぽさが残っている彼の声は、僕にも経験がある。声変わりを終えたばかりの、つまり僕とそうちがわない年の少年だろう。

その呼びかけに、小龍は切れ長の目をいっぱいに開いて応《こた》えた。

「海人さん！」

海人は、細身のブラックジーンズのポケットに両手を突《つ》っこんで、背をかがめるようにして路地から現れた。

「そいつらはオレの仲間なんだ。それくらいにしといてやってくれや。あとで、オレがビッとシメとくからよ」

「無事だったんだね、やっぱり！」

小龍は声をあげてかけよった。

背の高い海人は、飼い犬を待つように腰《こし》をかがめて小龍を受けとめた。

「ははは。ワリィな、小龍、それに綾乃もよ？」

「わかるよ。あたしだって、帰るとこがあったら、まっさきに帰ったと思うもん」

綾乃は、僕《ぼく》から手を離《はな》しながらいった。

「そのボーヤは？」

あごをしゃくりながら、海人がきいた。

カチンときた。ボーヤはないだろう。年だって、きっと同じくらいなのに。

ほんとうはいい返したかったけど、海人は条威よりさらに5センチ以上も、つまり僕《ぼく》よりも15センチ近く背が高かった。

僕は自分より背の高い人間が苦手なのだ。そういう相手を前にすると、いいたいことがいえなくなってしまう。きっと小学校のとき、自分より小さかった友達にどんどん身長でぬかれて、けっきょくクラスで一番のチビになってしまったことのトラウマだろう。

中華街
千母聖上天 北港花生 得渓沙賀王
店 楽園

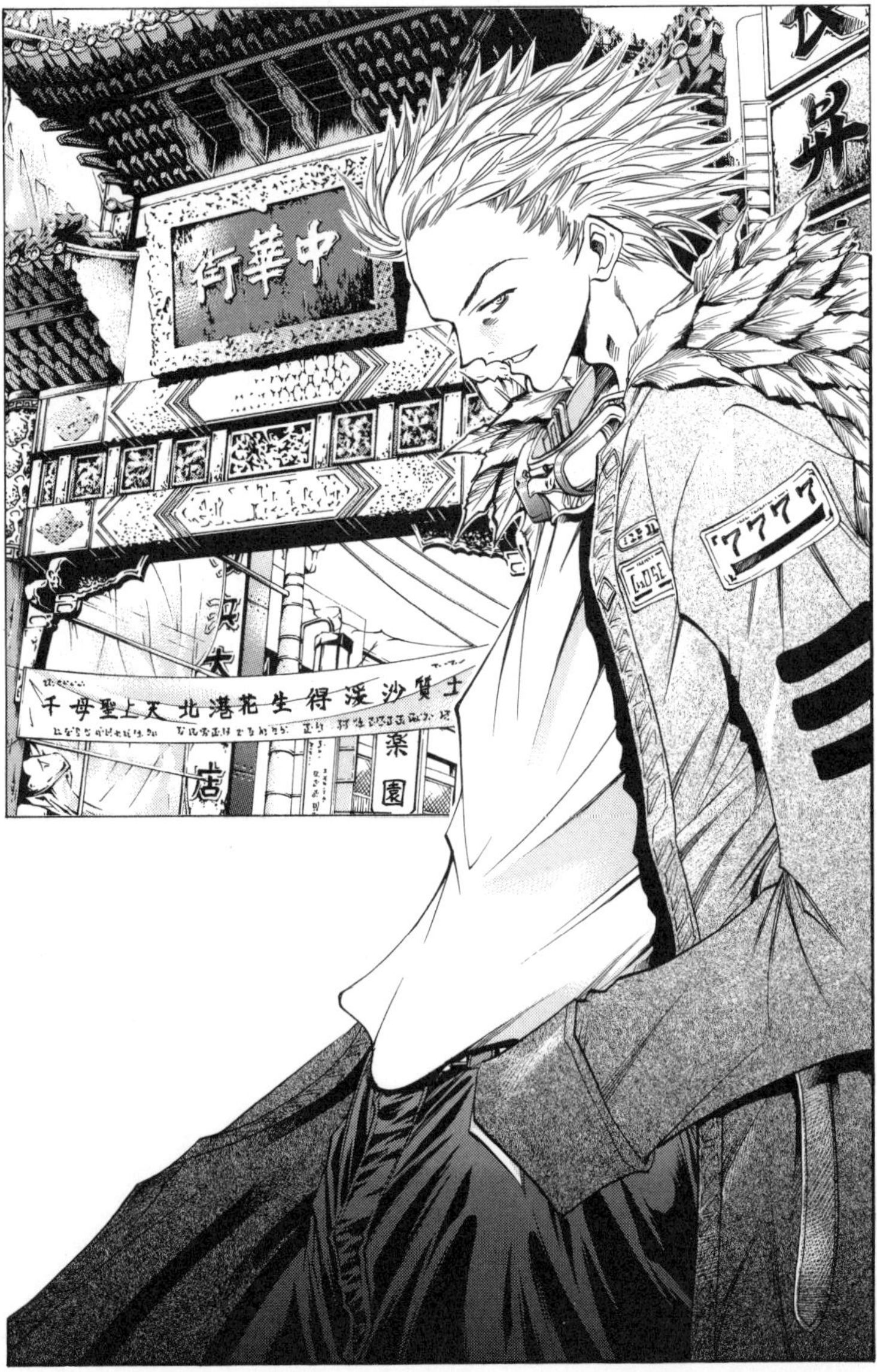

あのころのことを思うと、今でもいやな気分になる。小学生くらいだと生まれ月や成長の早い遅《おそ》いで、あっというまに10センチ以上も身長の差がひらいて、すくなくとも男子はそれによってある程度クラス内での序列が決まってしまう。背でぬかれると立場も逆転して、バカにしてたヤツにバカにされるようになり、ちょっとしたことでこづかれたりするようになるのだ。

こういうクラスメートたちとのどんどん入《い》れ替《か》わっていく微妙《びみょう》な上下関係は、イジメだとかいって騒《さわ》ぐほどのことでもないし、大人には話してもわかってもらえない。自分の中で折り合いをつけて早く大人になろうと背伸《せの》びするしかなかった。

今では年なりの身長だと思うのだけど、イメージの中の自分はどこかあのときのままで、まわりを見上げて生きている気がする。

「ボーヤはないでしょう、海人。キミと同い年だよ、彼《かれ》」

まるで僕《ぼく》のそんな気持ちを察したかのように、綾乃がフォローしてくれた。でも、その気づかいがかえって切ない。

「──それに、彼は『カケル』よ」

「なに?」

僕の名前をきいて、海人は真顔になった。

「——そいつが、条威のいってた？」

「そうよ」

「そんなボーヤに、おれたちの未来がかかってるってのか？」

僕《ぼく》に彼《かれ》らの未来が？　どういう意味だろう。そういえば、綾乃も最初から僕のことを知ってるみたいなことをいってたけれど……。

海人は、怒《いか》りをあらわにして僕をにらんでいる。

ああ、なんかまたやっかいなことになりそうだ。僕は昨日、綾乃たちに会ったばかりで、限りなく部外者に近いのに、どうしてこういろいろと、頼《たよ》られたり怒《おこ》られたりしなきゃならないんだろう。

僕はそんなことを思いながらも、卑《ひ》屈《くつ》な笑いを浮《う》かべて、

「ど、どうも……」

と、挨拶《あいさつ》をした。

海人は返事をせずに、道にツバを吐《は》いた。

「条威のやろうも、ヤキがまわったみてえだな？」

「海人！」

と、綾乃。小龍が割って入って、

「海人さん、そんないいかたはないと思うよ、僕《ぼく》も。条威さんがいたから、僕らは『グリーンハウス』から逃《に》げられたんだし」

「ヤツはどうなった？　小龍」

「無事だよ。ただ、まだ目をさまさないんだ」

「そうか……無事か」

海人は僕たちに背を向けて、

「——だったら帰れよ。ここはお前らのくるところじゃないぜ。大事な仲間の条威のそばにいてやったらどうだ？」

「海人さん！」

「海人、あたしたちを見捨てて、ここに逃げこむつもりなの？」

かけよろうとした綾乃と小龍を振《ふ》り返《かえ》って目線で制して、海人はいった。

「逃げこむ？　ここは、オレの町だ。帰ってきて、なにが悪い」

「べつに、悪いなんていってないけど……でも、あたしたちは仲間じゃない！」

「こいつらも、オレの仲間なんだよ」

海人は、そういって小龍と綾乃のふたりにのされた不良たちを見た。

彼《かれ》らは助け合って起き上がると、海人のまわりに集まって僕《ぼく》たちをにらんでいる。

「こいつらは、オレと同じ宿なしのガキどもなんだ。あの『グリーンハウス』に行くまでは、オレはずっとこいつらと一緒《いっしょ》に生きてきた。オレがいなくなってからこいつらは、他《ほか》のグループやらこの町のチンピラヤクザどもにいいように働かされて、それこそ食い物にされてたんだよ。オレがもどってきたら、そうはさせねえ。わかるか？　オレはこいつらを守ってやりてえんだ。だから……」

海人は小龍と綾乃に背を向けて強くいった。

「帰ってくれ」

ふたりは返す言葉もなく、うつむいてしまった。

「ばかやろうがっ！」

となって、海人は僕らをおそった連中にビンタをくらわせながら、

「――いったはずだぞ。外の人間にカツアゲくれたり、ケンカ売ったりするんじゃねえってよ！オレが帰ってきた以上、そういうマネは許さねえ。いいな!?」

その剣幕《けんまく》に、海人より年上もまじっていそうなこわもての不良たちが、小犬のようになってし

たがう。

ガラスをぶちやぶった男も、頭を壁《かべ》に打ちつけて血を流していたピアス男も、みんな素直《すなお》に海人のいうことをきいて、僕《ぼく》らに向かってしぶしぶながら頭をさげたりした。

どうやら彼《かれ》は、この界隈《かいわい》の不良少年のボスらしい。先ほど見せた発火能力が彼の力なら、不良グループのリーダーになることくらいは朝飯前だろうけれど。

それにしても、不良たちは、たんに暴力によってしたがわされているのではなさそうだ。

海人をとりまく不良たちの様子からは、恐《おそ》れよりは親しみが感じられた。

「ゴメンよ。海人クンのダチだなんて知らなかったんだよ」

「悪かったよ、マジ。でも、すげーな、やっぱ海人クンの『力』は。久々に見たけどさぁ」

「海人クンがいてくれたら、オレら、また勢力もりかえせるな、きっと」

「ったりめーだろ、ボケ。ヤクザにカネせびられることも、もうねーよ。なぁ、海人クン」

不良たちは口々に海人をたたえながら、立ち去る彼を追いかけていく。

彼は、仲間たちに愛されているのだ。

だとすれば……。

仲間を引きつれて海人が路地に消えてしまったのを見届けて、僕は綾乃と小龍にいった。

「どうする？　彼《かれ》、ここに仲間がいるみたいだし、きっともう一緒《いっしょ》にきてくれないと思うよ」

「だめよ、そんなの！」

綾乃が声をあらげた。

「――ひとりでも欠けたら、あたしたちぜったいにファーマーにつかまっちゃうわ。離《はな》れた場所からでも炎《ほのお》で攻撃《こうげき》できるサイコバーナーの海人がいたから、森の中を逃《に》げるときもあいつらは簡単には近づけなかったのよ。あたしたちは、4人いたから逃げ出せた。海人がもどらなかったら、きっと……つかまるか……殺される」

「だいじょうぶだよ、綾乃さん」

と、小龍。動揺《どうよう》してへたりこんだ綾乃を起こして、

「――海人さんだって、ここにいれば安全ってわけじゃないでしょう？　ファーマーは、彼がここにいることなんか、とっくにわかってると思うし。それに、海人さんが僕《ぼく》らを見捨てるわけがないよ。だいじょうぶ、ぜったい一緒にきてくれる。だから、もう一度話しましょうよ」

綾乃はうなずいて立ち上がった。

「ごめんね、翔くん。キミがいると、かえって海人、意地になる気がする。そういうヤツなの。条威に対しても、あたしたちみたいに黙《だま》ってしたがうヤツじゃなかったし……」

「僕《ぼく》たちふたりだけで、もう1回行って話してみます。だから、翔さんは先に帰っていてくれませんか」

「それはかまわないけど……」

こんなところでひとりにされるのはちょっと怖《こわ》い、といおうとしてやめた。

まっ昼間だし、さっきの連中だって、きっと綾乃みたいなキレイな子がいるから、あんなふうによってきたにちがいない。僕ひとりなら、からまれてもせいぜい、残ってる小銭をとられるくらいですむだろう。

でも……。

やっぱり、ひとりで帰るのはなんとなく気が引ける。

「わかったよ。じゃあ、先にもどって中華街のさっき寄った肉まん屋で待ってるから」

と、僕は綾乃たちと別れて、きた道を小走りに引き返していった。

『無国籍街』をもうすこしで抜《ぬ》けるというあたりまできたときだった。

僕は、軽いめまいを覚えて足をとめた。

頭が、ズンと重く感じて、ちょっと耳鳴りもした。

「風邪《かぜ》でもひいたかな」

それはありうる。昨日はうすら寒いなか、汗《あせ》だくで条威を背負って歩いたし。

「やっぱり、先に帰ってるっていっておけばよかったな」

かといって、僕《ぼく》も綾乃たちも携帯《けいたい》をもっていないから、今さら連絡《れんらく》はつかない。

「ま、いいか。とりあえず肉まん屋で、あったかいお茶でも飲もう。それくらいの金は、まだ残ってたよな」

ひとりごとをいいながら、角を曲がる。

「あれ?」

ふと僕は、違和感《いわかん》を覚えて立ちどまった。

誰《だれ》もいない。

通行人も、飲食店の中の客も、誰ひとりとして姿が見あたらなかった。

この角の向こうは、中華街への入り口になっている通りから1本はいった場所で、さっきまではけっこうにぎわっていたはずだ。それが、どういうことだろう。

「おかしいな……」

今きたばかりの道を振《ふ》り返《かえ》る。

「……え？」

どうしたことか、そこにも人の姿が見当たらない。

「そんなバカな。たった今まで、おおぜい人がいたはずだぞ？」

急にいなくなるような人数ではなかった。

これはいったい、どういうことだ？

僕《ぼく》は、心臓の鼓動《こどう》がひどく高まるのを感じた。

ただごとじゃない。

きっと、昨日から僕が足を踏《ふ》み入《い》れてしまった『非日常』の世界と、なにか関係があるにちがいない。

ということは……超能力《ちょうのうりょく》？

だとしたら、いったい誰《だれ》の？

いや、それよりもいったいどんな力なんだ？

人を全部消し去ってしまう力なんてあるわけがない。いくら超能力でも、そんなことできっこない。

「ねえ、そこのキミィ？」

後ろから、甘《あま》ったるい鼻にかかったような声がした。
振《ふ》り返《かえ》ると女の子が、道ばたに座《すわ》りこんでアイスキャンデーをなめていた。
あとで思えばこのとき、すでに幕は開いていたのだ。
想像を絶するサイキック・バトルの幕は——。

4　サイキック・バトル

僕《ぼく》に声をかけた少女は、なめていたアイスキャンデーの残りをかじりとると、棒を道に投げ捨てて立ちあがった。

「キミだよ、キミ。なにキョトンとしてるのさ？」

年は僕と同じか、すこし上くらいだろう。日本人形みたいなすっきり顔だ。なにがおかしいのか、ずっと口元と目元に笑《え》みをたたえている。

服装は黒っぽい長袖《ながそで》のTシャツに同じく黒のタイトミニ、髪《かみ》は黒いままのストレートで、どちらも和風の顔立ちによく似合っていた。

僕はホッとした。別に人っ子ひとりいなくなったわけじゃなかったらしい。

だとしたら、なにかの偶然《ぐうぜん》が重なって、こんな不思議な状況《じょうきょう》になっただけなのかも。

「キミ、誰《だれ》か見える？」

なおも、女の子はきいてくる。

笑顔《えがお》がなかなかにかわいい。……なんてこと思ってる場合じゃない。

へんなことを急にきいてきたりして、やっぱり怪《あや》しいぞ、なんだかこの子は。まさか綾乃《あやの》たちと同じような……？

僕《ぼく》はさぐるつもりできさかえした。

「誰《だれ》、キミ。僕になにか用？」

彼女《かのじょ》は質問にはこたえずにいった。

「誰も見えないなら、見せてあげようか？」

「えっ？　どういう意味、それ……」

「こういう意味」

ドン、と音がしたような気がした。

いや、音というのは正しくない。耳から入ったものではないのは、まちがいなかったから。

もっとばくぜんとした、でもたしかになにかがなにかに当たったような感触《かんしょく》。ショックのようなものだった。それが、頭の中で波紋《はもん》のようにひろがったのだ。

次の瞬間《しゅんかん》、僕はけっしてありえない光景を目の当《ま》たりにしていた。

目の前に僕《ぼく》がいたのだ。

唐突《とうとつ》に、それはあらわれた。

なにもない空間から、パッと電灯をつけたように出現した。

そして、僕の前に立っている僕は、まるで残像のように分裂《ぶんれつ》をはじめたのだ。

またたくまに、目の前の無人だった光景は、僕で埋《う》めつくされていく。

僕、僕、僕、僕、僕！

無数に増えた僕が、いっせいに僕を見る。

にやり、と笑う。

心の底から恐怖《きょうふ》がわきあがってくるのを感じた。

「うわああああ～～～～っ！」

僕は力のかぎり叫《さけ》んでいた。

もしこのとき、僕がピストルでもにぎっていたら、迷わず自分の頭をぶちぬいただろう。そしてこの恐怖があと数秒でもつづいていたら、僕の精神は二度ともどれないまっ暗闇《くらやみ》におちこんでしまったかもしれない。

だが、そうはならなかった。

RURI
9135

あらわれたときとおなじくまったくもって唐突《とうとつ》に、すべての僕《ぼく》は消滅《しょうめつ》した。あっけなく、なんの残像ものこさずにかき消えてしまった。

僕は腰《こし》をぬかしていた。

町は、またゴーストタウンにもどっていた。僕と、あの微笑《ほほえ》みを絶やさない少女とただふたりだけしかいない町に。

今見たすべてのものは、どうやら幻《まぼろし》だったらしい。

……いや、きっとそれだけではない。

僕は直感した。今、僕が見ているこの光景も、嘘《うそ》っぱちにちがいないと。ほんとうは、ここはさっきまでの人通りも普通《ふつう》にある町中なのだ。僕と彼女《かのじょ》以外、誰《だれ》もいないように思えるのも、すべて目の前の少女が僕に見せている幻にちがいない。

とっさにそう考えて冷静になれたのは、いつも空想をめぐらせているおかげかもしれない。

少女も、僕が意外とショックを受けていないのを見て、興味をもったように近づいてくる。

「ふーん、あんまし、ビビんないね。さすがじゃん……」

僕はすばやく立ち上がり、彼女をむかえうつように身構えた。

「キミがやったんだな、今の」

「ふふふっ、正解。これがあたしの力ってわけ」

「力って……」

幻《まぼろし》を見せるのが、彼女《かのじょ》の能力ということだろうか。

「わからない？　テレパシーの一種だよ」

「テレパシーって、あの、思ってることをしゃべったりしないで頭の中に直接伝えるあれのこと？」

「そう。『精神感応』ってヤツ。あたしのは、もっと強力だけどね。今みたいに、映像とか音とかを直接他人の頭にぶちこめるってワケ。すごいでしょ？　ふふふ」

すごいどころの騒《さわ》ぎじゃない。危《あや》うく頭のネジが２〜３本抜《ぬ》けちまうところだった。

「それで？　キミの力はなに？」

楽しそうに笑って、きいてくる。

「えっ？」

「どんな力をもってるのか、教えてよ。サイキックなんでしょ、キミも。だってあの綾乃と小《シャオ》龍《ロン》の仲間だもんね。見たよ、一緒《いっしょ》にいるとこ。どんなヤツなのか興味がわいて、とりあえず綾乃たちはほっといて、キミのあとを追いかけてきたんだぁー」

「ぼ、僕《ぼく》は……」

彼女《かのじょ》は、僕を綾乃たちと同じ超能力者《ちょうのうりょくしゃ》だと思っているようだった。

冗談《じょうだん》じゃない。僕は普通《ふつう》の人間だ。まったく平凡《へいぼん》な、ただの中学3年生なんだ。

「ほらほら、はやく教えてよ。でないと、今度はもっと恐《おそ》ろしいモノ見せてあげちゃうから。うふふふ」

どうすればいいんだ、このピンチ。

ああっ、やっぱり綾乃たちと一緒《いっしょ》に行動すればよかった。てゆーか、綾乃たちと一緒にいるのを見られたからこんな目にあうわけで、それがそもそものまちがいだったのかも。いや、そんなこと今さら思ってもしかたない。もう、事態は進行してしまっている。僕は、とっくに巻きこまれてしまっているのだ。

ともかく、その場しのぎでもいいからなんとかしないと！

さっきの無数の僕の幻《まぼろし》だって、頭がおかしくなりそうだったのに、もっと恐《おそ》ろしいものなんか見させられたら、それこそ正気じゃいられなくなる。

なんとか時間稼《じかんかせ》ぎをしてるうちに、綾乃たちがきてくれるかも。

「あ〜〜もう、イライラするなぁ。やるのやんないの、どっちよ？」

「待、待ってくれよ、キミ。ねえ、キミ、名前は?」

「名前?　麻耶《マヤ》よ。それが?」

「マ、マヤ、か。……どういう字?」

「麻《あさ》ヒモの麻に、耳書いて……」

「ああ、わかった!　麻耶さんね。うん、わかったよ」

「それで?」

「それでって……その……い、いい名前だね」

「お前、うぜーよ。頭、こわしてやろうか?」

麻耶は微笑《ほほえ》むのをやめて、目をつりあげた。

だめだ、引き延ばし作戦失敗!

「待、待った!　待てよ、麻耶さん。キミと綾乃さんとの関係は?」

「あん?　なによ、関係って」

「いいからさっ!」

「そうねー、同級生みたいなモンかな。大っきらいだったけどね。きいてないの、キミ。『グリーンハウス』のこと。……あっ、ヤバッ。いっちゃった。ごめんねー、キミ」

「ご、ごめんって……？」

「いっちゃいけないことになってるのよ、『グリーンハウス』のことは。あっちゃー、うっかりしちゃった。あははは」

「い、いや、きかなかったことにしてあげるからさ」

「そう？　でも、ダメなんだぁ。話しちゃったら、『グリーンハウス』につれていって記憶《きおく》の消去をするか、でなきゃ……」

「でなきゃ……？」

「死んでもらうしかないのよ」

麻耶は、口の両端《りょうたん》をキューッとつりあげて笑った。

やばいっ。

冗談《じょうだん》じゃないよ、なんとかしないと！

「待てえっ！」

僕《ぼく》は、精いっぱいの強がりで、両手を大きく広げてつき出し、できるだけ怖《こわ》い顔をしてみせた。

この僕の意味不明の行動に、一瞬《いっしゅん》、麻耶もギョッとなって動きをとめる。

「僕の能力を知りたいんじゃなかったのかい？」

僕《ぼく》は、麻耶のマネをして口の両端《りょうたん》をキューッとつりあげて笑った。

冷《ひ》や汗《あせ》もののハッタリだった。

しかし、効果はあったようだ。麻耶の笑《え》みが凍《こお》りつく。

「僕の力も知らないでしかけてくるなんて、キミってなかなかにいい度胸だね、麻耶さん」

ハッタリ第2弾《だん》！

麻耶は、たじろぐように2〜3歩あとずさりする。

「いっとくけどね、綾乃と小龍は、この僕が守るから」

第3弾を放った。

「守る？　あのふたりを？　へーっ……それほどのモンなの、キミ」

麻耶の表情がこわばる。

よし、この調子だ。この調子で、なんとか……。

「いいかい、麻耶さん。もしキミがこの場から立ち去るなら、今日は見逃《みのが》してやる。さもないととんでもないことになるよ？」

心臓ドキドキの第4弾だった。

麻耶は、だまって僕を見つめている。きっと考えているんだ。どんな力をもってるかわからない僕《ぼく》と、この場で闘《たたか》うのがいいのか、それとも仕切り直すべきなのか。

迷うまでもない、後者だ。仕切り直ししかないでしょう、ここは！　ねっ？　そうしよう！

「面白《おもしろ》いじゃない」

といって、麻耶はまたキューーッと口の端《はし》をつりあげた。

「——こんなチャンス、めったにないわ。『グリーンハウス』出身でもないキミが、それほどのすごい力をもってるとはね」

「えっ、いや、それほどでも……」

「やってやろうじゃない。あたしも、こうみえてカテゴリ・ワンのひとりよ」

「カ、カテ……カテグリ？」

「はじめましょうよ、『野生種』クン。おたがいサイキック同士、遠慮《えんりょ》はいらないわ。とことんやりあおうじゃないの！」

麻耶がそういった瞬間《しゅんかん》、僕の頭の中でまた、なにかが弾《はじ》けるような音がひびいた。

僕は、あわてて目を閉じた。

あけたら、とんでもない幻《まぼろし》が見えると思ったからだ。

幻だってなんだって、目を閉じていたら見えないかもしれない。

その考えは当たっていた。とりあえず、麻耶が僕《ぼく》に見せようとした幻《まぼろし》は、僕自身が『目を閉じている』という事実におされて、僕におそいかかってはこなかった。

ただ、それは見えなかっただけで、消えたわけではなかった。

幻は、目を閉じて立ちすくんでいる僕のまわりを、うなり声をあげながらグルグルとまわっていた。耳もとに近づいて、今にも頭ごとガブリとやりそうな声をたてたり、少し離《はな》れたとおもったら、いきなり咆哮《ほうこう》をあげておそいかかってきたり。

僕は必死に自分にいいきかせた。

だめだ、目をあけるな。こいつらは幻だ。見なければ、恐《おそ》れる必要なんかない。

だまされるな！

「……ふん。考えたわね、『野生種』クン。でも、そんなふうに目をつぶってて、キミの能力とやらは使えるわけ？」

麻耶は、そういって僕のほおを張り飛ばした。

僕はこらえた。

彼女《かのじょ》がなにをしようと、ここはほんとうは町中で通行人だってたくさんいるはずだ。

この場で僕を殺したりなんて、できっこない。

「なんとかいいなさいよ、弱虫！」

今度はグーで殴《なぐ》ってきた。女の子の手でも、グーは痛かった。口の中が切れて血の味が広がる。

だいじょうぶ、がまんだ。これ以上のことをしようとすれば、通行人が助けてくれるはずだ。

ここはほんとうは、人通りだってある街角なんだから……。

「いっとくけどね、『野生種』クン。誰《だれ》も助けてなんかくれないよ？」

どういう意味だ？

「ここらを通る連中みんなに、あたしのテレパシーを送ってるんだからね。キミの姿が見えないようにね」

えっ……。

「だからキミは、今は透明《とうめい》人間なのさ。誰もキミが殴られてるなんて、気がつきやしないんだよ。あはっ、あはははははっ」

そ、そんな……。

「さーて、そろそろトドメさそうかな。ふふっ、今、ナイフぬいたよ。……ふりあげた。頭の上からグサッといくよ？　そ〜〜〜れっ！」

「よせえっ！」

僕《ぼく》は思わず叫《さけ》んで、目を見開いた。

そこには、腕《うで》をくんで僕を見ている麻耶と、無数のバケモノたちの群れがいた。

やられた。

ハッタリだったんだ、ナイフは。

……目をあけてしまった。

「くすっ。ウソだよ、みんなにテレパシー送ってるなんて。そんなマネできるわけないじゃん」

ヤバイ……。

「あたしの勝ちだね、『野生種』クン」

あけた目は、もう二度と閉じられなかった。ドロドロとヨダレを垂れ流す異形《いぎょう》の怪物《かいぶつ》たちに
釘《くぎ》づけだった。

「食われちまいな、心を。……この子たちにさ」

怪物たちはいっせいに飛びあがった。

僕めがけて。

食われる！

そう思った瞬間《しゅんかん》だった。

キキ〜〜〜ッ。

ガシャーン。

タイヤの鳴る音とすごい衝撃《しょうげき》、そしてガラスの混じったなにかがこわれる音が響《ひび》いた。

「きゃ〜〜〜っ!」

麻耶の叫《さけ》び声《ごえ》。

同時に、バケモノどもは空中でかき消える。

軽いめまいのあとで、目の前にひらけたのは、幻影《げんえい》でない現実の光景だった。

衝撃と轟音《ごうおん》の正体は、そこにあった。

大破した車である。表通りを走っていた小型トラックが、なぜか道をそれて、僕《ぼく》たちのいる裏通りまで突《つ》っこんできたのだった。

あたりにはちゃんと通行人もいた。みんななにが起きたのかと集まってくる。

麻耶は、自分めざしてせまってきたトラックをよけた勢いで、歩道にたたきつけられて血の出た膝《ひざ》をかかえてうめいていた。

超《ちょう》ウルトラ・ラッキーだ。

逃《に》げるなら、今しかない!

僕《ぼく》は、方向もかまわず走り出した。

走って走って走りまくった。

走ってるうちに、笑い出した。おかしくてたまらなかった。

後先のことを考えれば、笑いごとじゃなかったはずなのだけれど。


野次馬が集まり救急車のサイレンが響《ひび》くなか麻耶は、はうようにして事故現場を逃《のが》れた。

すりむいた膝《ひざ》が痛んだし、なによりも悔《くや》しくてたまらなかった。はじめてのサイキック・バトルに敗《やぶ》れた悔しさに、うちひしがれていたのだ。

まさか、あんな強力なサイキックだったなんて。

でもたしかに、アイツは……。

「失態だな、麻耶」

ハッとなり、顔をあげると、いつのまにか将《ショウ》が立っていた。

コイツはいつも、ふいに人の前に立つ。

傲慢《ごうまん》そのものの顔で。

「油断したのよ。まさか綾乃たちが、あんな強力なサイキックとつるんでたなんて。甘《あま》かったわ」

「あの事故を起こしたのは、そのサイキックってことかい?」

「そうよ。それも『野生種』よ。走ってる車の進路をかえて、あたしのところに突《つ》っこませたの。わかる? この意味が。アイツ、ばけものよ。信じられないほど強力な、観念動力――サイコキネシスの持ち主だわ!」

「サイコキネシス……だと?」

将の顔が、憎々《にくにく》しげにゆがんだ。

「――そんなヤツはいらねえよ。『グリーンハウス』につれていく必要はねえ」

「将……?」

「次は、オレがやる。ファーマーどもに存在を知られる前に、このオレが消してやる」

そういいながら、将はみずから幻《まぼろし》のように消えうせた。


どこをどう走ったのか、僕《ぼく》は綾乃たちとの待ち合わせ場所になっている肉まん屋に着いていた。ただ、だいぶ遠回りしたことはまちがいない。全身汗《あせ》だくで、しかもとっくの昔に綾乃たちは着いていた。

「どうしたの翔《カケル》くん、その顔!」

綾乃は口元をはらしている僕《ぼく》を見るなり、すっとんきょうな声をあげた。

「殴《なぐ》られたんですか、不良かなにかに」

と、小龍。当たらずとも遠からずだ。不良といえば、そんなふうにも見えたかな、あの麻耶って子は。

「いや、もう大変だったんだよ。それより、ふたりのほうはどう？　海人《カイト》ってひと……」

ふたりはしょぼんとなって首を横に振《ふ》った。

「だめでした」

「しょうがないわ、だってあそこは海人の町だもん。あたしたちといるより、海人のためにもいいのかもなぁ……」

「でも、あそこにいたって、海人さんのところにもファーマーがいつかはくるんですよ。そのときに普通《ふつう》の不良が何人いたって、お話になりませんよ。ぜったいにつかまっちゃう」

「あっ、そうだっ、その話なんだけど、キミらの敵ならもう、このあたりにきてるよ」

と、僕は口をはさんだ。

「ええっ！」

「なんですって！」

「ともかく立ち話もなんだから、店に入らない?」

「ちょ、ちょっと、なんの話よ。その傷まさか……」

「いやー、そうなんだよ、じつはさっき麻耶とかいう女の子に会って……」

「きてっ、翔くんっ」

もったいぶっている僕《ぼく》の腕《うで》を引っぱって、ふたりは警戒《けいかい》するようにあたりを見まわしながら店の奥《おく》に入っていった。

僕は席につくやいなや、綾乃たちと別行動している間の出来事を、多少の演出をまじえて勇ましげに語った。

ふたりは、途中《とちゅう》からは僕の活躍《かつやく》なんかどうでもいいという顔で、まっ青になって黙《だま》りこくっていたが、話が終わるやいなや席を立ち、僕の手を引っぱって、注文をとりにきたオバサンをふりきって店を飛びだした。

「な、なんだよ、急にっ」

「なんだじゃないわよ、大変な連中に狙《ねら》われてるのよっ。ともかく、一刻もはやくこのあたりを離《はな》れなきゃ!」

「そうですよっ、今ごろはあいつらも、探しまわってますよ、僕ら3人のこと!」

「探すったって、こんなに人がいたら、そう簡単に見つかるもんかよ」

「見つかるんです！」

「ともかく逃《に》げるのよっ」

僕《ぼく》たちは息を切らして中華街を走《はし》り抜《ぬ》け、高速道路の下をくぐって小高い丘《おか》の上まで一気に駆《か》けあがった。

そこは小さな公園だった。大きく張った枝が陰《かげ》をつくり、すこしは目につきにくい場所である。

僕たちはその公園のベンチに腰《こし》を下ろして、ひと息つくことにした。

ぜーぜーと肩《かた》で息をしながら、僕はふたりにいった。

「だから、説明もなしに僕をひっぱりまわすのはやめてくれっていってるだろ。なんでそんなに焦《あせ》って逃げなきゃなんないんだよ。それとあの女の子は誰《だれ》なんだ？　大変な連中ってのは？　他《ほか》にもあの子の仲間がいるとでもいうのかよ」

「待って、なにから答えようかな……」

と、綾乃。

小龍がポケットから携帯《けいたい》ラジオくらいの大きさの機械をとりだして、

「このことから説明したほうがいいんじゃないですか、綾乃さん」

その機械には見覚えがあった。たしかあれは、ボロ小屋でファーマーにおそわれたときに、ふたりが倒《たお》した敵から奪《うば》い取《と》ったものだ。

「そうね、じゃあ小龍、お願い」

「えっ、僕《ぼく》がですか？」

「そうよ、あたしその機械のことはよくわからないんだもん」

「しょうがないなぁ、僕より2つも上のくせに」

「あーっ、もうっ。どっちでもいいから話せよ」

僕がいらだってせかすと、しぶしぶ小龍が解説をはじめた。

「僕も苦手なんですよ、こういうの。ほんとは頭のいい条威《ジョーイ》さんがいればわかりやすく話してくれるんだけど……。まあ、ともかくですね、この機械は、『シーカー』っていって、ひとことでいえば僕たちのことを探し出す探知機みたいなもんなんです」

「探知機!?　人間をそんな機械で探すことなんかできるの？」

「それが、僕らサイキックというのは、なにやら特別な脳波を出してるらしくて、これはそれを探し出すようにできてるんです。難しい話だから条威さんからきいた話をそのまま いいますけど『グリーンハウス』にあるおっきなコンピュータと、この『シーカー』はネット経由でつながってて、コンピュータに登録されてる僕《ぼく》らの脳波の特徴《とくちょう》を、いっつも情報交換《こうかん》してるみたいなんですよ」

僕はゾッとした。

なんてこった。それじゃあ、そのデータとやらを消すなりこわすなりしないかぎり、どこに逃《に》げてもファーマーは、彼《かれ》らを追いかけてくるってことじゃないか。

どうりで、どこにいてもすぐに敵が現れると思った。

「そ、それで、僕をおそってきたあのテレパシーをつかう女の子は……」

「麻耶のことなら、あたしもよく知ってるわ」

と、綾乃が口をはさむ。

「――すっごくナマイキで、性格が悪いのよね、あの子ってば！　でしゃばりで、ほんっとムカつく女なの。それにお菊《きく》人形みたいで目つき悪いし、なんといってもセンス、最悪じゃん？　あたしたちの着てる服ってファーマーに頼《たの》んで買ってきてもらうんだけど、あの子いっつも黒の上下ばっかりでー。カラスみたいで趣味《しゅみ》悪いってゆーか……」

「……い、いや、そういう話じゃなくて」

「あっ、ごめん。麻耶っていうのはね、薬と機械でめざめた『栽培《さいばい》モノ』とか『栽培種』とかっていわれてるサイキックのひとりで、いちおうはエリートにあたるカテゴリ・ワンに属してる子なの」

「カテゴリ・ワン？」

「うん。能力が強くて自由に使いこなせる子たちがカテゴリ・ワンで、そこまでいたらない修業中みたいなグループが、カテゴリ・ツー。カテゴリ・スリーっていうのは、素質は認められるんだけど、能力はまだ未知数みたいな子たち」

「じゃあ、キミらはカテゴリ・ワンなんだね」

「当然！　あたしや小龍や海人、それに条威もみんな、『グリーンハウス』にきたときから、カテゴリ・ワンだったわ。でも、あの麻耶って子は、もともとはたんなる素質者で、そこから薬と機械の力でめざめたクチなの。能力がめざめるまではぜんぜん地味な子だったくせに、すごいテレパシー使いになったとたん、超《ちょう》ナマイキになっちゃってさー」

「だから、綾乃さん、そういう話はいいから」

「ごめんごめん、あの子キライだから、ついねー」

　こういうところは普通《ふつう》の女の子だ。いや、だんだんそういう本来の彼女《かのじょ》らしさがでてきてるのかもしれない。ということは、僕《ぼく》に対して彼女も心を許しつつあるってこと？

「麻耶はともかく、同じグループでいつもツルんでるふたりは、ほんとうにヤバい連中よ。将と猛丸《たけまる》っていうんだけど……」

そういって綾乃が、将軍の『将』という字を公園の土の上に枯《か》れ枝《えだ》で書きかけた、そのときだった。

「そこまでにしとけよ、おしゃべり女」

「えっ？」

その声は、とうとつに目の前できこえた。

声とほぼ同時に、なにもなかったその空間に人の形をしたなにかが現れた。

パン！

風船が割れるような音をたてて、綾乃のほおが張りとばされた。

「きゃあっ！」

手かげんのないビンタをいきなりくらって、綾乃はベンチから転がりおちた。

「誰《だれ》だ！　いきなりなにを……」

女の子のほおをおもいきりたたく理不尽《りふじん》さに、頭に血が上った僕《ぼく》は、とっさにその『何者か』の胸《むな》ぐらをつかもうと飛びかかる。

「こいつっ!」

「だめだ、翔さん!」

小龍の声がした。

だが、僕《ぼく》は止まらない。こんなにカッとなるのははじめてだ。怖《こわ》いとかそういうことを考えるひまもなかった。許せない、綾乃をこんな目にあわせて。やっつけてやる。そんな感情の爆発《ばくはつ》が生まれてはじめて僕の中ではじけた。

だが、意気ごんで伸《の》ばした僕の手は空を切った。

そこはまた、なにもない空間にもどっていたのだ。

消えた……?

そう思った1秒後には、僕は頭を背後からおもいきり殴《なぐ》られていた。

目の奥《おく》で火花が散り、地面にたたきつけられる。鼻を打ちつけ、砂が口にはいった。

「あ? なんだよ、お前、ぜんぜんじゃねえか」

上から、声がする。男の声だ。

「それでも麻耶を手玉にとったサイキックか?」

ドスのきいた『不良口調』だった。

なにやら、また勘違《かんちが》いされているみたいだ。こいつも僕《ぼく》をサイキックだと思ってる。

「立てや、テメエ！」

と、怒鳴《どな》り声《ごえ》。

たちまち勇気がなえていく。

やっぱりダメだ。怒《いか》りにまかせた付《つ》け焼《や》き刃《ば》の勇気じゃ、あっというまにしぼんでしまう。

泣きべそをかいて謝《あやま》ってしまいたかった。

ごめんなさいごめんなさい、サイキックなんかじゃないんです、ほんとうは。

なんで麻耶さんを手玉にとったことになってるのか知らないけど、僕はただの中学生なんです。

ぜんぜん超能力《ちょうのうりょく》なんかないし、それどころか思い切りケンカしたことさえない、『ヘタレ』なんです。『ヘタレ』――そうだ、その言葉が僕には一番お似合いだ。小学校の修学旅行先の関西でガラの悪いヤツらにからまれたとき、ペコペコしてたらあざけるようにそういわれたっけ。あのときは、くやしかったなぁ。ほんと、くやしかった……。

「……ちくしょう」

僕はつぶやいていた。

もういちど、怒りに火がつこうとしていた。今度は目の前の得体のしれない敵への怒りではなかった。僕《ぼく》自身への怒《いか》りだった。すぐに頭をさげて根性《こんじょう》なしをさらけだしてしまう自分への、許しがたい怒り。

「わあああああっ！」

立ちあがった。目の前に立って僕を見おろしているはずの男の足にしがみついて、そのまま引《ひ》き倒《たお》して——やるつもりだったがまた空振《からぶ》りしてしまう。

どうして？

見あげて、腰《こし》がぬけるほど驚《おどろ》いた。

赤いジャンパーを着た茶髪《ちゃぱつ》の男が、空中に浮《う》かんでいたのだ。腕《うで》を組んだまま、2メートルほどの高さに静止していたのである。

あぜんと見上げている僕のとなりで、綾乃と小龍もまた、あっけにとられていた。

「ふっ、どうした？　綾乃、小龍、なんでお前らまでが驚いてんだ？　同じ『グリーンハウス』出身のサイキックだろうが。低レベルのハンパ野郎《やろう》とはいってもよ？」

男は、残忍《ざんにん》そうな笑《え》みを浮かべて、そういった。

「将……いつのまに空中浮揚《ふよう》なんか……」

「ま、まさかサイコキネシスもめざめたんですか？」

綾乃と小龍が、同時にいった。

「ふふふ、まあお前らの頭じゃその程度の解釈《かいしゃく》だろうな。これは応用だよ。オレの最強の力、テレポーテーションの応用だ」

テレポーテーション！

瞬間《しゅんかん》移動能力というヤツだ。

それでわかった。どうして目の前にいきなり現れたのか。つかまえようとした瞬間に消えてしまったのか。そして、なぜ空中に浮《う》かんでいるのかも。

「瞬間移動《テレポート》をくりかえして、空中に留《とど》まってるんだよ、こいつ！」

指でさして僕《ぼく》はいった。

簡単な理屈《りくつ》だった。アニメの映像がなぜ動いて見えるのか。少しずつ動かした静止画が連続して映し出されるから、目の錯覚《さっかく》でそう見えるのだ。彼《かれ》の——将のやっていることも同じだろう。重力で落下する分だけ上に瞬間移動して、空中に浮かんでいるように見せているにちがいない。

「ふん。ひとりだけマシなやつがいるみてえだな。しかし、それが『グリーンハウス』の出身じゃねえってのが気にくわねえ。しかも『野生種』だと？　ふざけろや、てめえ」

誤解だった。

「立てよ、小僧《こぞう》が。タイマンといこうぜ、最強同士でよ?」

最強……。

ぜんぜんうれしくない過大評価だ。

でも、そんなふうに思われてることを逆手《さかて》にとって、意表をつく方法があるかもしれない。

そうだ、ハッタリだ。さっきどういうわけかうまくいって、結果として偶然《ぐうぜん》の事故で麻耶を撃《げき》退《たい》できたハッタリを、もういちどかましてみよう。

「面白《おもしろ》い。1対1なら受けて立つよ」

ガクガクの膝《ひざ》をぐっとふんばって、立ちあがる。

「ムチャよ!　相手は見ての通り普通《ふつう》の人間じゃ……」

「いいから僕《ぼく》にまかせて。僕の超能力《ちょうのうりょく》を見せてやるんだ、こいつに」

むりやり『不敵な笑《え》み』ってやつを浮《う》かべる僕に、綾乃はとまどっていた。

それはそうだ。彼《かれ》らは僕がただの中学3年生だってことを知ってるし、超能力なんかあるわけないと思ってる。僕がどんな意図でそんなハッタリをかましたのかわけがわからずに、さぞかし混乱していることだろう。

しかし、実は勝算がなくもなかった。この将ってヤツが連続瞬間《しゅんかん》移動で宙に浮かんでいるんだとしたら、うまくいけばたたき落とせるかもしれない。

だからここは、僕《ぼく》のハッタリに乗ってほしいんだ。

そんな気持ちをこめて、ジッと綾乃たちを見た。

「よーし、面白《おもしろ》くなってきたじゃねえか。さあこいよ、サイコキネシスト。走ってる車を麻耶の目の前に突《つ》っこませてみせた実力とやらを見せてみろや?」

将がそういったのをきいて、綾乃と小龍は目をまるくして僕を見た。そしてふたりで目を見あわせて、期待にみちた表情で僕にまた目をやる。

おいおい、その宙ぶらりんの勘違《かんちが》い男《おとこ》のいうことを、まにうけたんじゃないだろうな。

車が突っこんできたのはたんなる事故で、僕は運がよかっただけなのに。

「わかったわ。翔くん、キミに賭《か》けてみる」

綾乃は、そういって1歩後ろにさがった。

「――ひとつアドバイス。そいつが1回で瞬間移動《テレポート》できる距離《きょり》は、10メートルかそこらよ」

10メートルも100メートルも、凡人《ぼんじん》の僕にとっては同じなんだけど。

小龍もゆっくりとあとずさりながら、

「気をつけてください、翔さん。その人に触《さわ》られちゃだめだ。その瞬間《しゅんかん》、地上10メートルの高さにぶっとばされて、一巻の終わりですよ」

えっ、自分だけじゃなくて他人まで移動できるなんて、きいてないよ。

「うるせーぞ、綾乃、小龍。お前らザコはだまってそこで見てろ。ちょっとでも動いたら、お前らから先にぶっ殺す」

「いいわ、将。あたしと小龍はいっさい手出ししない。そのかわり、あんたにも仲間を呼ぶような卑怯《ひきょう》なマネはしないでもらうから」

ええっ、いっさい手出ししないって、そんなっ。ハッタリが空振《からぶ》りしたら、ソッコーで乱入して助けてほしかったのに！

「くっくっくっ、上等だ。さぁーて、はじめようじゃねえか……」

そういった将の姿が、ふいにまたかき消えた。

そして同時に、2～3メートル離《はな》れた空中に現れ、またすぐに消える。それを繰《く》り返《かえ》しながらどんどん消えては現れるスピードが早まっていく。

そのうち残像で、将がたくさんいるように見えてくる。まるで忍者《にんじゃ》の分身の術みたいに。

しかもそのすべてが、2メートルの空中に浮《う》かんでいるのだ。

異様な光景だった。悪夢でも見ているようだった。僕《ぼく》は今さらながら、正真正銘《しょうしんしょうめい》の超能力者《ちょうのうりょくしゃ》を相手にくだらない思いつきでハッタリをかましたことを後悔《こうかい》した。

どう考えても闘《たたか》えるもんじゃない。こんな怪物《かいぶつ》相手に、立ち上がるときにこっそりつかんだ手の中の一握《ひとにぎ》りの砂くらいで、なにができるというのだろう。

じつは僕《ぼく》は、これをスキをみて顔面にたたきつけて、目つぶしをくらわしてやるつもりだったのだ。そうすれば、空中に浮《う》かんでいる将が驚《おどろ》いて、連続瞬間移動《テレポート》を一瞬《いっしゅん》でも止めるかもしれないではないか。重力で下に落ちた分だけ上に移動を繰《く》り返《かえ》すことで宙に浮かんでいるのだとしたらほんの一瞬でもそれができなくなることで、ぶざまに下に落ちて地面にたたきつけられるのでは、と思ったのである。

まったくもって浅はかな考えだった。砂つぶてなんかあたりっこないじゃないか、こんな状態じゃ。よく考えれば、相手がつごうよく同じところにとどまっていてくれるはずがないのだ。

だってこれはゲームでもなんでもない、ほんとうの命がけの闘いなんだから。

僕は、いつもの空想を思い浮かべていた。こういうとき、あの空想の中の僕ならば魔法《まほう》の力をもつ伝説の剣《けん》をふりあげて、ほとばしる光のパワーで敵をなぎたおすだろうに。

剣がほしかった。剣に替《か》わる力がほしかった。それがない自分がうらめしかった。

守るべきお姫様《ひめさま》は、僕に『賭《か》ける』といってくれたのに。

「危ない、後ろ！」

綾乃が叫《さけ》んだ。

振《ふ》り返《かえ》る。

「死ね！」

将の手が僕《ぼく》をとらえようと目の前にせまっていた。

「わあっ！」

とっさによける。指先がほおをかすめた。

将の手はいきおいあまって僕の背後の鉄で編んだごみ箱をつかむ。するとごみ箱は消え、数秒後に天から降ってきて公園の向こうの道にたたきつけられた。

ごみ箱は痛々しくつぶれて、道路をはねまわる。

僕はゾッとなった。もしあれが自分だったら……。

頭はくだけ、血まみれでアスファルトの上に横たわっていたにちがいない。

将はニヤニヤと残忍《ざんにん》な笑《え》みをたずさえて、また空中に浮《う》かび上《あ》がった。

「ふふふ、うまくよけたじゃないか。綾乃の声で助かったな」

ゆっくりと、また高さ2メートルまで達する。

「今度は逃《に》がさんぞ?」

迷っているひまはなかった。僕《ぼく》はやれることをやるしかないのだ。ばかげたハッタリだろうとなんだろうと、この手の中のわずかな砂にかけるしかない。狙《ねら》いをさだめろ。敵は勝《か》ち誇《ほこ》って油断している。

僕は必死で『余裕《よゆう》の笑《え》み』ってやつを浮《う》かべて、

「逃げたほうがいいのは、キミのほうじゃないかな?」

と、精いっぱいのハッタリをかました。

「なに?」

将の表情がこわばる。

「さっきの麻耶さんのときは、自動車だったけど。キミには隕石《いんせき》をぶつけてあげるよ。ほら、もう空からでっかい石が落ちてきてるよ、キミめがけて」

「――――!」

将はギョッとなって天をあおいだ。

いまだ!

空中の将の顔めがけて手の中の砂を投げつけた。

だが、一瞬《いっしゅん》おそかった。そこにはもう将の姿はなかった。わずか3メートルだけれど、左に移動したあとだったのだ。

「なんのつもりだ？　キサマ……」

あまりにくだらない反撃《はんげき》に、それを受けた将のほうがあっけにとられている。

綾乃も小龍も、なにがなんだかわからずにぼうぜんと僕《ぼく》を見ている。

僕は怖《こわ》さよりも恥《は》ずかしさでまっ赤になった。

ああ、なさけない。

僕は、なんて無力なんだ！

くそっ！

「落ちろ～～～っ！」

そう叫《さけ》びながら、僕は手のひらにわずかに残った砂を、いま一度、将にむけて投げつけようとした。

ムダと知りながら。

そのときだった。

ゴオッ。

背後からの風圧に僕《ぼく》はよろけた。

なんの前触《まえぶ》れもなく、突風《とっぷう》が僕たちのいる公園を吹き抜《ふぬ》けたのだ。

その風は木々をしならせ、砂を巻きあげて空中の将をおそう。

「うわっ、わあああっ！」

砂が目にはいり、しかも風にあおられてバランスをくずした将は、糸がきれたマリオネットのように落下し、そのまま地面にたたきつけられてしまった。

「逃《に》げろ〜〜〜っ！」

いうが早いか、僕は走り出した。

それを見て綾乃と小龍もつづく。

一目散に逃げるとはこのようなことをいうのだろう。振《ふ》り返《かえ》らず、走って走って走りまくった。

相手は一度に10メートルも瞬間《しゅんかん》移動できるサイキックだ。一瞬でも遅《おく》れてつかまったら万事休す。さっきの車の事故につづく超《ちょう》ウルトラ・スーパー・ラッキーは、さすがに3度は起こるまい。

民家と民家の間の小さな路地を通り、草ボウボウの空き地をぬけ、うっそうとした雑木林の中にかけこんで、それでも止まらず奥《おく》をめざした。

雑木林の中ほどで僕は切り株につまずいて転び、そのままへたりこんだ。

すぐに綾乃と小龍も追いついてきた。

開口一番、綾乃はかん高い声でいった。

「すごいじゃない、翔くん！　あの将を手玉にとるなんて！」

「へっ？　手玉にとるってなんの話だよ？」

と、僕《ぼく》。今度は小龍が僕の肩《かた》をゆすって、

「サイキックだったんですね、翔さんも！　条威さんがいってた『カケルは仲間だ』っていうのは、そういう意味だったんだ。すごいですよ翔さん、風をサイコキネシスで操《あやつ》るなんて！」

「サ、サイコキ……？　なに？」

「サイコキネシス。観念動力、いわゆる念力のことですよ。翔さんが使える超能力《ちょうのうりょく》のことを、正式にはそういうんです」

「い、いや、だからね、小龍くん。キミたちなにか勘違《かんちが》いしてるんじゃ……」

いいかけた僕の首に両手をまわし、いきなり綾乃がだきついてきた。

「あ、綾乃……さん……」

綾乃は、グスグスと泣いていた。

「怖《こわ》かったの？」

「ちがうよ、うれしいの。またひとり、自分と同じような力をもつ仲間と出会えたんだもん。うれしくて、泣けてきちゃうよ……」

心がジンとしびれた。こんなことってあるんだろうか。勘違《かんちが》いとはいえ、今の僕《ぼく》はまさに夢にまで見たヒーローだ。命を救ったお姫様《ひめさま》に抱《だ》きつかれて、胸の中で泣かれる。何度こんなシーンを空想したことか。

とてもじゃないけど、いいだせなかった。

ほんとうは超能力者《ちょうのうりょくしゃ》なんかじゃない。さっきのタンカはハッタリにすぎない。将を『撃墜《げきつい》』できたのは、たまたま突風《とっぷう》が吹《ふ》いてくれただけ。

でも、そんなことをいえる状況《じょうきょう》じゃなかった。

いや、白状できる気分ではなかったというほうが正しい。あとで、もうすこし落ちついたところで正直に告白するとして、今はこうして空想の中のお姫様と勇者でいたかった。

が、その喜びはつかのまだった。

「翔さん！　綾乃さん！　またきたぁっ！」

小龍が叫《さけ》んで飛び起きる。

雑木林の四方八方に大勢の人影《ひとかげ》が見えた。

全員が、銃《じゅう》を構えたポーズで、ゆっくりと近づいてきている。

「まったく、息つく暇《ひま》もないよ！」

僕《ぼく》はなかばやけっぱちで立ち上がり、身構える。

身構えたところで、インチキ超能力者《ちょうのうりょくしゃ》の僕にはなにもできないんだけど、とりあえず他《ほか》のふたりに合わせて、ポーズだけはとってみせた。

「サイキックはいないみたい。ファーマーだけですよ、今回は」

と、小龍。

「どうして、こんなに簡単に見つかるんだよ！」

「いったでしょ、シーカーであたしたちの脳波を追いかけてるって。だから、このままだとどこへ逃《に》げても、すぐに見つかっちゃうのよ！」

綾乃はそういって、前にファーマーから奪《うば》った小型の麻酔銃《ますいじゅう》をポケットから出して構える。

「じゃあどうすれば、それから逃《のが》れられるんだ？」

僕がきくと、小龍がいった。

「それも、条威さんならわかるはずなんです！」

「また、条威くん？　教えてくれよ、彼《かれ》の能力ってなんなの？」

「このピンチを切りぬけたら、教えますよ！」

そんな話をしている間に、ものかげに隠《かく》れながら、ファーマーたちはじわじわと包囲の輪をせばめてくる。

「どうしよう、翔くん。10人以上いるわ。いくらなんでも、あたしたち3人じゃキツいかも」

実質上、戦力になるのは僕《ぼく》をのぞくふたりだけなんだから、キツいどころか絶望的だ。

「綾乃さん、幽体離脱《ゆうたいりだつ》は？　あの中のだれかにキミが乗り移って、またこないだみたいに……」

と、僕。綾乃は首をふって、

「そんな簡単にいかないわよ。こんなにたくさんいたら、だれかに乗り移ってる間に脱《ぬ》けがらの体のほうをおさえられちゃう」

「じゃあ小龍、キミの気功で……」

「ムリです！　遠当てをくりだすにしても距離《きょり》がありすぎるし、もう少し近くにきてからじゃないと！」

「そんなことより、翔くん、キミのサイコキネシスよ！　走ってる車を事故らせたり、風を起こせたりするくらいなら、あんな連中、一発でやっつけられるんじゃない？」

「い、いや、だからそれは……」

ああっ、やっぱりさっき正直にいっておくべきだった。

期待されても、あれはたまたま起きた事故と自然現象で、僕《ぼく》の力でもなんでもないんだ。

「やばいですよ、翔さん！　はやく！　ファーマーが銃《じゅう》を構えてます！」

「そんなこといわれても！」

ファーマーたちは木立に身を隠《かく》しながら、僕たちのほうに銃を向けている。

「全員、射撃《しゃげき》用意！」

だれかのかけ声がとぶ。

ああっ、もうだめだだめだ！　撃《う》たれる！

「撃てえっ！」

同時に、いくつもの発射音がひびいた。例の鈍《にぶ》い音だ。

「わあっ！」

思わず伏《ふ》せる。

バシバシバシッと僕たちが身を隠している木に衝撃音《しょうげきおん》が走り、パラパラッと木の皮がふってきた。

どうやら的をはずしたようだ。

「まさか、射撃《しゃげき》の名手ぞろいのファーマーが……」

と、綾乃。

「さすがですね、翔さん！」

小龍がいった。

「――サイコキネシスで、狙《ねら》いをはずしたんですねっ」

「えっ？」

それは考えすぎだ。たまたまファーマーたちが下手だっただけで……。

「第2弾《だん》、用意っ！」

また、かけ声。

だめだ、今度こそ……。

僕《ぼく》は頭をかかえて、目を閉じた。

そのときだった。

「わあっ！」

ファーマーの悲鳴がきこえた。

とっさに目をあけると、あたりは火の海だった。

炎《ほのお》の壁《かべ》が僕《ぼく》たちを取り囲んでいたのだ。

しかも、どういうわけかその炎は、僕たちのほうにはいっさい向かってこなかった。そのかわりにファーマーたちにはまるで生き物のようにおそいかかり、服に火が燃え移って転げ回っている者までいる。

「な、なんだよ、これ！　いったいなにが起きたんだ？」

「海人よ、翔くん！」

綾乃が歓喜《かんき》の声をあげた。

「えっ？　海人って、さっきの……」

「そうよ！　海人がいるんだわ、この近くに！」

「やっぱりきてくれたんですね、海人さん！」

すると、炎の壁の向こう側でまた声があがった。

「わあっ、やめろ！」

「撃《う》てっ、行かせるなっ！」

同時に、数台のバイクの排気音《はいきおん》がとどろく。

炎の壁が一瞬《いっしゅん》だけ割れて、そこから4台のバイクが飛びこんでくる。

1台はふたり乗り。荷台に乗っていたのは、海人だった。

「乗れ、3人とも！」

「海人！」

綾乃が叫《さけ》ぶ。

「――きてくれたのね、やっぱり！」

「話はあとだ、ともかく仲間のバイクの後ろに乗れ！」

僕《ぼく》たちは海人がひきつれてきたバイクの荷台に飛び乗った。けたたましいエンジン音とともに土をはねあげて、バイクが走り出す。必死に運転者の腰《こし》にしがみついた。

炎《ほのお》と銃声《じゅうせい》と排気音《はいきおん》が交錯《こうさく》する中、僕たちは雑木林を駆《か》け抜《ぬ》け、からくもその場を脱出《だっしゅつ》したのだった。


雑木林に拡《ひろ》がった炎は、海人たちのバイクが走り去るとほどなく収まった。雑木林とはいえ、それほどの大きな炎が燃え上がるような場所ではなかった。すべてが強力な発火能力者『サイコバーナー』である海人のなせる業《わざ》なのだ。

炎を自在に操《あやつ》る彼《かれ》の能力は、世界じゅうのサイキックの情報が集まる『グリーンハウス』のホスト・コンピュータにおいても、存在が確認されたのはわずか12例にすぎない。もちろん、カテゴリ・ワンの中でも海人ただひとり。かけがえのない貴重な稀少能力者《レアケース》なのである。

生島《いくしま》は、今さらながら逃《のが》した魚の大きさにため息をついていた。

「ドジなやつらだ、まったく！」

自分のひきいるファーマー・チームを1列にならべて、生島は怒鳴り声《どなごえ》をあげた。

「攻撃《こうげき》能力の高い海人はともかく、他《ほか》のふたりだけなら生《い》け捕《ど》りにできたはずだぞ。最初の射撃《しゃげき》のときに10人全員が的をはずさなければな！」

「それは無理な話ですよ、生島さん」

声に振《ふ》り返《かえ》ると、ぶかぶかのチノパンのポケットに手を突《つ》っこんだ小柄《こがら》な少年が、立ち木に寄りかかって微笑《ほほえ》んでいた。

「──相手がサイコキネシストだったら、そんな銃《じゅう》なんか水鉄砲《みずでっぽう》と同じですからね」

「猛丸……」

生島は、思わず身構えた。

昆虫《こんちゅう》の足をもぎとって喜ぶいかれた悪ガキが、そのままサイキックとなったような彼《かれ》の気まぐれな『暴力』を警戒《けいかい》してのことだった。

とおりがかりのファーマーの足を『見えない手』ですくいあげて転ばせたり、なんの意味もなく廊下《ろうか》の電灯をすべて割ってしまったり、『グリーンハウス』での彼《かれ》の狼藉《ろうぜき》ぶりには、生島もふだんから眉《まゆ》をひそめていたのだ。

14歳《さい》で身長150センチと小柄《こがら》な彼は、『グリーンハウス』にくるまでは中学校のいじめられっ子だったという。強力なサイコキネシス——観念動力を身につけてからの彼の『見えない暴力』の数々は、その反動なのかもしれない。

「どういう意味だ、猛丸。連中の中には観念動力なんぞ使うヤツはいなかったはずだが」

「わかりませんか、生島さん。小龍と綾乃、それから助けにきたのは海人ですよね。もうひといたでしょう? なんか、フッーっぽいヤツが。あれ、なんだかわかります?」

「そういえばいたが……」

正直、生島は気にもとめなかった。

「サイコキネシストですよ。しかも、将と麻耶を手玉にとった、とんでもないヤツだそうですよ。ふふふ」

猛丸は、そういって愉快《ゆかい》そうに笑った。

「……『野生種』ってことか?」

「でしょうね。『グリーンハウス』以外に、そんなヤツをあつめて訓練してるとこがあるとは思えないですから」

「な、なんてこった……それじゃあ彼《かれ》らを狙《ねら》った麻酔銃《パラライザー》がことごとく的をはずしたのは……」

「たぶん、そのサイキックの仕業《しわざ》じゃないかなぁ」

「し、信じられん。実弾《じつだん》ほどではないにせよ、パラライザーの麻酔弾《ますいだん》だって初速は秒速100メートル近いんだ。そういう速く動く物体というのは、ただでさえ観念動力を集中するのは難しいのに、ましてや10人で同時に発砲《はっぽう》したんだぞ。もしほんとうにそいつがやったのだとしたら、ケタちがいの能力者ってことに……」

「ケタちがい?」

猛丸が、そういって上目づかいに生島を見た。

しまった、と生島はあわてて口をとざす。しかし遅《おそ》かった。猛丸はペロリといたずら小僧《こぞう》のように舌をだして、生島にむけて精神を集中しはじめた。

「よ、よせ、猛丸。べつにお前と比較《ひかく》していってるわけじゃない。やめ……」

そういったときには、もう生島の体は空中で逆立ちしていた。

「うわあっ! やめろっ! わかった、お前が一番だよ、猛丸!」

「そういういいかた、ますます傷つくなぁ。木と木のあいだをパチンコ玉みたいにはねまわってみますか、生島さん」

生島の体はヨーヨーのように回転しながら空中を上下する。

「やめてくれえ～～～～っ！」

「バカ、なにやってる！　やめろ、猛丸！」

テレポーテーションしてきた将のひとことで、生島は地面に落下した。

「よう、将。なんだよ血相変えて」

猛丸はおかしそうに腹をおさえていった。

「――どうだった、今のパフォーマンス。今日は特別調子がいいんだ。なんだったら今からふたりで空でも飛ばないか？　そうだ、麻耶と僕《ぼく》と３人で、横浜《よこはま》の空の散歩といかない？　だいじょうぶ、キミはテレポーテーションで飛べるし、麻耶は僕がサイコキネシスで面倒《めんどう》みるからさ」

「バカいわないで。誰《だれ》かに見られたら大騒《おおさわ》ぎになっちゃう。そうなったら教育的指導じゃすまないわよ。へたすると『マスカレード』の委員たちに処分をくらうかもしれない」

麻耶はあきれかえっていった。

「うっ……くっ……」

打ちつけた肩《かた》をおさえながらうめきをあげる生島に、ファーマーたちがかけよる。

「だ、だいじょうぶですかっ、生島主任！」

「ああ、だいじょうぶだ」

痛みをこらえて立ち上がる。軟《やわ》らかい土の上でなければ、骨のひとつも折っていたかもしれない。生島は内心恐怖《きょうふ》に震《ふる》えていた。しかし、サイキックの暴走を抑止《よくし》するには威厳《いげん》をもって接する必要があった。

「今の悪ふざけは、上に報告しておく。猛丸、お前はしばらくクスリ抜《ぬ》きになると思っておけよ」

「えっ？」

猛丸の表情から、人を見くだすようなごうまんな笑《え》みが消えた。とうぜんだった。彼《かれ》は、もはや能力開発薬の投与《とうよ》なしには、１日も生活できないほどの依存《いぞん》状態におちいっている。

彼に与《あた》えたのは習慣性のある薬物ではないので中毒というわけではなかったが、薬を断つことで能力が消失してしまうかもしれないと思いこんでいるのだ。性格に問題のある猛丸の暴走をおしとどめ、将来にわたってコントロールしていくために、生島はそういう教育をしていた。

もともと気が弱く、幼いころから地獄《じごく》のようなイジメを経験してきた彼にとって、薬によって手にしたサイコキネシスは唯一《ゆいいつ》のよりどころなのだ。

彼が依存《いぞん》しているのは薬ではなく、みずからの超能力《ちょうのうりょく》なのだった。

「ちょっと待ってくれよ、生島さん。冗談《じょうだん》だよ、今のは。ちょっと力を見せただけじゃないか！」

あわてておかけよる猛丸をおしもどして、生島はいった。

「罰《ばつ》を受けたくなければ、その力をつかう相手をまちがえるな。もし、お前のいうように綾乃たちが新たな『野生種』と行動をともにしているなら、一緒《いっしょ》に捕獲《ほかく》しろ。そしてなにより――」

生島は、胸ポケットからだした薬物カプセルを３人に投《な》げ与《あた》えていった。

「条威だけはとりにがすな！」

5　神に近い少年

僕《ぼく》たちは、それぞれ海人《カイト》の仲間のバイクにふたり乗りしてそのまま地元にもどっていた。

4台のハデな改造バイクが僕の通う中学校の校門に乗りつけると、出迎えた灯山《ひやま》さんはあきれ顔になりながらも門をあけてくれた。

連休中で部活も休みだったからよかったが、生徒や先生たちがいたら、やれ暴走族がきただのと大騒《おおさわ》ぎになっていただろう。

金髪《きんぱつ》やピアスだらけのガラの悪い少年たちは、しかし僕たちの命の恩人だった。

彼《かれ》らは僕たちをバイクからおろすと、口々に先ほどの無礼をわびた。

「悪かったな、さっきは。海人クンの仲間だってわかってたら、チャチャいれたりしなかったんだよ、マジで」

「てゆーか、別にとってくおうとしたわけじゃなかったんだぜ、ほんとによ。ただ、あのあたりには珍《めずら》しい普通《ふつう》っぽいのが歩いてたから、声かけてみたくなっただけでさ」

そんなことをいいながら僕《ぼく》の背中をバンバンたたく彼《かれ》らは、第一印象のような極悪人《ごくあくにん》ではなさそうだった。

「どうだかな?」

海人がいうと、彼らは困ったように笑って、

「わははは、ほんとだって、海人クン」

「そうそう。だからこうやって、仲直りにバイクに乗っけてきてやったんじゃんかよぉ」

「もうカンベンしてくれよ、なっ?　痛い目にあったのはオレらなんだしさぁ」

免許《めんきょ》があるかどうかは怪《あや》しいが、バイクに乗っている彼らは海人より年上にちがいない。

でも、彼らにとって海人は絶対のリーダーであり、心のよりどころだったのだろう。

別れぎわには、みんな鼻をすすり、目に涙《なみだ》を浮《う》かべていた。

そう。

海人は彼らのもとにもどるより、綾乃《あやの》たちと共に闘《たたか》うことを選んだのだ。

「さてと、条威《ジョーイ》のツラでも拝みに行くか」

と、まっ先に校門をくぐる海人は、すこしさみしそうだったけれど、振《ふ》り返《かえ》ろうとしない彼の後

ろ姿は決意にみちているように見えた。

ファーマーたちと闘《たたか》って、４人そろって自由を勝ち取る決意に。

「よう、オッパイのでけぇネエちゃん。どこにいるんだよ、条威のヤロウは」

灯山さんに向かって暴言をはいた次の瞬間《しゅんかん》、彼《かれ》のおでこには強烈《きょうれつ》なデコピンが炸裂《さくれつ》していた。

「うわっ！　な、なにしやがるっ！」

「品のねえことぬかすんじゃねえよ、ガキのくせして。あたしの名前は灯山晶《あきら》だ。『さん』づけで呼びな」

灯山さんのタンカに、さしもの海人も高い背をかがめて、

「す、すいません……」

と、おでこをおさえながら頭をさげた。

僕《ぼく》がふきだしそうになると、海人はにらみつけて、

「やい、小僧《こぞう》。笑うなよ。笑ったら殴《なぐ》るぞ」

とたんにもう一度、灯山さんのデコピンが決まる。

「いてえっ！　なんすか今度は」

「そいつも小僧じゃねえ、翔《カケル》だ。ったく、最近のガキは礼儀《れいぎ》を知らねえ。これからツルむ仲間の

名前くれえ、さっさと覚えな」

「わ、わかったよ、翔だな、おい翔」

海人は僕《ぼく》に向かって右手をさしだし、

「――よろしくな、サイコキネシスト。さっきチラッときいたぜ、綾乃に。なんでも、あの麻耶《マヤ》と将《ショウ》をボコボコにしてやったんだってな？」

「えっ、そ、そんなボコボコって、それはその、つまり……」

僕は海人の右手を受けとりながら、口ごもった。

どんどん話が大きくなってるみたいだ。

どうしよう。なんだかだんだんひっこみがつかなくなってきたような……。

「あーっ？　翔がサイキックだぁ？　マジか、その話」

と、灯山さん。

そうだ。灯山さんにうまくいってもらおう。ともかく誤解をとかないと、どんどんややこしいことになっていくような気が……。

「その話なんですけど、灯山さん、実は僕……」

「そうなんですよ、灯山さん！」

綾乃が身をのりだしてきて話にわりこみ、

「——すっごい大活躍《だいかつやく》だったんですよ、彼《かれ》。麻耶っていうテレパシー使いを相手にして、車を突《つ》っこませて撃退《げきたい》したのが最初で、次はあたしたちの目の前で、突風《とっぷう》を起こして瞬間《しゅんかん》移動能力者の将をぶっとばして、最後はファーマーに囲まれて絶体絶命っていうときに、あいつらの撃《う》ったパラライザーの麻酔弾《ますいだん》をぜんぶそらして、あたしたちを助けてくれたの！」

早口でまくしたてられて、僕《ぼく》はけっきょく苦笑いするだけだった。

灯山さんは半信半疑の顔だったが、否定はしないままで僕の頭をかるく小突いて耳元でささやいた。

「まあ、なんにしてもよかったじゃねえか、翔。お前、お姫様《ひめさま》を守ってみたかったんだもんな」

「なっ、なにいってんですか、灯山さん！」

「かっかっかっ。さあ、ついてこいやガキども。夕飯つくっといてやったぜ」

灯山さんは高笑いをしながら、先頭に立って校舎に向かった。

灯山さんの部屋になっている学校の『校務員室』にはいると、フワッとおいしそうな匂《にお》いが鼻をくすぐった。コンロでは、とろ火で鍋《なべ》が煮《に》えていた。

条威は、まだ目をさまさないままで布団《ふとん》に寝《ね》かされていた。灯山さんはどうやら座布団を並べて寝たらしい。ずぼらな灯山さんらしく、起《お》き抜《ぬ》けの状態で座布団が４つ並んでいた。

海人は条威のそばに行くと、チッと小さく舌をならして、

「全員助かるから心配するな、とかいってまっ先に川に飛びこんだくせして、テメーがこんなザマでどうすんだよ、バカヤロウ」

乱暴ないいかただったけれど、きっと彼《かれ》なりに条威が心配なのだろう。灯山さんに栄養はどうしてるとか何か飲ませたのかとか、しつこくきいていた。

僕《ぼく》たちが手分けして器をだしているあいだに、灯山さんはコンロにかけてあった大きな鍋《なべ》を、ちゃぶ台まで運んでくれた。

「さてと、鍋だから、適当にみんなでつついてくれよな」

と、灯山さんが割りばしを配ったとたんに、海人はまっさきに肉を取ろうとしてまた灯山さんにデコピンをくらった。

僕と小龍《シャオロン》は、お互《たが》いにタマネギをよけているのに気づいて吹《ふ》き出《だ》す。どうやらタマネギぎらいの仲間ができたようだ。

綾乃は実によく食べる女の子だ。肉にはしを伸《の》ばすと必ず海人とぶつかって、ジャンケンで取

教育的デコピン!!!

りあいになる。いつも綾乃が勝って、海人はしぶしぶ豆腐《とうふ》を選んだ。

楽しい夕食だった。家族との食事も鍋《なべ》のときはなんとなく楽しかったけれど、こうやって仲間と一緒《いっしょ》に食べる鍋料理はまた格別だった。

仲間？　そうか、こういうのを仲間っていうのか。

知らなかったかもしれない、僕《ぼく》は。仲間ってどんなものなのか。

学校でちょっと昼休みに遊んだり話したりする友達はそれなりにいたけれど、こういうふうに一体感のある仲間というのは、はじめてできた気がする。

ほんとうなら、ひとりっきりで自分で作ったしょぼい夕食を食べるはずだったことを思うと、今こうして仲間と鍋をかこんでいる自分が不思議でならなかった。

あれからまだ1日しかたっていないのだ。僕の部屋に綾乃がやってきた、あのときから。

そんなことを思いながらはしをやすめていると、綾乃が「ごちそうさま」といって席を立ち、自分のつかった器を洗いに行った。

「ふーっ、食った食った。おう、綾乃。オレのもついでに頼《たの》むわ」

と、海人も自分の器を流しに放《ほう》りこむ。

「ずうずうしいなぁ。自分で洗いなよ、もう……」

「まあ、いいじゃねえか。さっきは命を助けてやっただろうが」

「あっ、そうやって恩にきせる気？」

「ははは。気の強《つえ》え女だな、まったく」

「でも、ほんとに助かりましたよ、海人さん」

小龍は僕《ぼく》と灯山さんの分の器も持って、流しに綾乃の洗い物を手伝いにいく。

「そうね。いちおう、ありがとっていっとく」

そういって綾乃は振《ふ》り返《かえ》り、鼻を上にむけて微笑《ほほえ》んだ。

「……でも、なんでもどってきてくれたの、海人」

「なんでって？」

海人はちゃぶ台にもどり、灯山さんのタバコに手をのばそうとして、またデコピンをくらう。

「昔からの仲間のいる『無国籍街《むこくせきがい》』から、あたしたちのところに、どうしてもどってくれたのかってきいてるのよ」

流しの水音に負けない大声で、綾乃はたずねた。

「そりゃあもう、綾乃ちゃんがいるからに決まってるじゃあ～ん」

おどけてみせる海人に、綾乃は真剣《しんけん》な顔で、

「マジメにきいてるの。無理してるなら、あとで後悔《こうかい》することになるよ?」

「バーカ。無理なんざしてねえよ」

と、海人は照《て》れ隠《かく》しなのかゴロンと畳《たたみ》の上に仰向《あおむ》けになって、

「――ま、お前らのことがほっとけねえ、って思ったのはたしかだけどな」

「ほっとけないなら、あの人たちも同じじゃなかったの?」

「まあな」

「だったら……」

「やつら、オレがいなくてもそこそこに生きてやがったよ。でも、お前らはオレがいないと、あのザマだ。そう遠くないうちに、つかまってつれもどされるか、ヘタすりゃ殺されちまうだろう。だから、ほっとけねえ仲間っていやぁ、やっぱお前らのほうかな……ってよ」

「海人……」

「ま、そういうわけだから、またよろしく頼《たの》まぁ!」

「……ありがとう」

「最初からそういうふうに素直《すなお》にいえよ、バーカ」

「綾乃さん、もうこれ、きれいになってますよ?」

と、小龍が、綾乃がいつまでも水で流している器をとりあげて、

「——翔さんっていう、強い仲間も増えたし、あとは条威さんが目をさましてくれるのを待つだけですね」

「だな……」

と、海人。

僕《ぼく》が『強い仲間』かどうかは別にして、条威が目をさませば何もかもがいい方向に向かうと、誰《だれ》もが信じているのはたしかなようだ。

そうだ、あのファーマーたちの攻撃《こうげき》から無事に逃《のが》れたら、条威の能力ってなんなのか、きかせてもらうことになっていたはず。

僕は、その話題にそれとなく入っていくために、灯山さんにたずねた。

「条威くんの様子、どうなんですか?」

灯山さんは条威を見て、

「わからないな。あたしゃこう見えて西洋医学も東洋医学もそれなりに知識があるんだけど、こんな不思議な状態は見たこともきいたこともない。脈拍《みゃくはく》は1分間にたった20回。健康な人間の3分の1だ。体温は34度5分ってとこか」

「34度5分？　それってめちゃくちゃ低くないですか？」

「ああ、低いね。そのままどんどん下がってったらヤバいんだけど、安定してるところみると、どうやらそういう冬眠《とうみん》みたいな状態なんだと思う」

「冬眠？　それ、きっと『サイキック・スリープ』よ！」

綾乃がわりこむ。

「なんだい、それ？」

と、僕《ぼく》。

「すごく強力なサイキックは、ときどき力を回復するための冬眠みたいな状態になることがあるって、生島《いくしま》さんがいってた。それを『サイキック・スリープ』っていうんだって。条威の眠《ねむ》りがそうだとしたら、心配いらないわ、きっと」

綾乃はそういって安堵《あんど》の表情をみせた。

「生島？　誰《だれ》、それ」

「うん。『グリーンハウス』のファーマーのリーダーのひとりよ。あたしたち4人にやたらと興味をもってたわ。とくに条威の能力に」

いいタイミングで条威の力の話になった。僕は、すぐさまたずねた。

「条威くんの能力ってどういうものなの？　そろそろ、教えてくれよ」

「いいけど……驚《おどろ》かないでね、翔」

「もうじゅうぶん驚かされたよ。キミらみんなの能力でさ」

「うん。でも、あれだけは特別なの。だって、条威の力は……」

「予知能力ってやつだよ」

海人がわりこんでいった。

「――他人の心を読んだり、目をつかわないで物を見たり、サイコメトリーみたいな力も持ってやがるけど、そんなのは他《ほか》にもいた。条威の能力で特別なのは、なんといっても未来を知る力、予知能力だろうな」

「よ、予知能力か……」

なんだ、というのが正直な感想だった。もっととんでもない、想像を絶するような力かと思ったら、あんがい普通《ふつう》の答えだ。予知能力なんて言葉は、僕《ぼく》でも知ってるくらいでＳＦの世界ではごく一般的《いっぱんてき》な……。

「予知能力だぁ～～っ!?」

そんなことを思っている僕のそばで、灯山さんが大声をあげた。

「マジか、それは！　おいっ！」

と、海人の胸《むな》ぐらをつかむ。１８０センチ近くある海人がたじろいだ。

「あ、ああ、マジっすよ」

こういう女性離《ばな》れした迫力《はくりょく》が、灯山さんにはたしかにある。いったい、以前はなにをしていた人なのだろう。少なくとも中学校の雑用係の仕事だけをずっとしてきた人ではないはずだ。

「条威さんの予知能力があったから、僕《ぼく》らは『グリーンハウス』から脱出《だっしゅつ》できたんです」

と、小龍がいった。

「当たる確率は？　あの坊《ぼう》やの、条威の予知が当たる確率はどのくらいなんだ？　小龍」

灯山さんは、興奮状態だ。どうしたっていうんだろう。

「それはもちろん百発百中ですよ。だって、そうじゃなければ予知能力なんていわないじゃないですか」

「……１００パーセント……ってことか……」

そういったまま、タバコをくわえて考えこんでしまった灯山さんに、僕はたずねた。

「どうしちゃったんですか、灯山さん。そんなに驚《おどろ》くようなことですか？」

ほんとうにこのときはそう思った。驚くというなら、綾乃の幽体離脱《ゆうたいりだつ》のほうがよっぽど仰天《ぎょうてん》させられた。

「わかってねえな、翔。お前は」

「え？　なにが？」

「100パーセント当たる予知能力ってのがどんなモンか、お前はまるでわかってねえ。だからそうやって平然としてられるんだ」

そういわれてハッとなった。

「わからねえか、翔。未来がわかっちまうってことの恐《おそ》ろしさが。たとえば、条威に『明日、お前は死ぬ』っていわれてみろ。まともでいられるか？　明日ならまだいい。すぐに結論がでるんだから。それがたとえば、1年先のいつ何どきに死ぬなんて話だったら、そこまでの1年は地獄《じごく》だぜ」

自分にあてはめて想像してみた。背筋が寒くなるのを感じた。

時計の針の音が、死刑台《しけいだい》の階段を上《のぼ》る音のように思えるにちがいない。

あと1時間で死ぬ、残り10分、5分、1分……いったいその瞬間《しゅんかん》なにが起こるのか。恐怖《きょうふ》におびえながら、それでも運命に逆らってみずから命を断つことさえできないまま、絶望の時をむかえるのだ。

未来を知りたいと思うことは誰《だれ》だってある。でも、その未来がきっとそう悪くはないだろうと信じているから、人は知りたいと思うのだ。ほんとうは輝《かがや》かしい未来はほんのわずかで、その何百倍もの平凡《へいぼん》な未来があり、ゾッとするような破滅《はめつ》もまた、必ず誰かの身の上に降りかかるものなのだろうけれど。

灯山さんの言葉に青ざめる僕《ぼく》を見て、綾乃がいった。

「だいじょうぶよ、翔。あたしも条威とはじめて会ったときは、同じようなこと考えたけど、そうじゃないの。条威も、そこまでのことはわからない。単純な未来はわかっても、人の運命が大きく変わる未来は、その手前までしかわからないんだって」

「運命が変わる未来って？」

「そうね、たとえばこんなことよ。トランプの束があるとするでしょ。それをキミがよく切ってカードを順番に引く。そのあとで、あらかじめ条威が紙に書いて封筒《ふうとう》にいれておいた『予言』をあけると、選んだカードもその順番もピタリと当たってると思う」

「ほ、ほんとに？　手品とかじゃなくて？」

「手品でも似たようなのがあるみたいだけど、条威のはちがう。ほんとうの予言よ。こういうのは、彼《かれ》、百発百中当てるわ」

「す、すごい……そんなことができるなら、なんだってわかっちまうじゃないか」

「そうじゃないの。条威にいわせると、そんな未来はわかってもたいした意味がないから完璧《かんぺき》にわかるんだって」

「わかっても意味のない未来？」

「ええ。だってそうでしょ。引いたトランプのカードがどんなものでも、それが原因でキミの運命が大きく変わることなんかあると思う？」

「それは……たしかにないかもね」

「でしょう？　そういう未来はほとんど透《す》けて見えるんだって、条威はいってた。でも、たとえばこの飛行機に乗るとキミは死ぬ、なんて未来は絶対に見えないんだって。そういう場合は、飛行機が落ちる映像と、その飛行機に乗るはずだった人がなんらかの理由で乗らないっていう未来が、同時に見えるみたい」

「いわれてみれば、落ちるってわかってる飛行機に乗ったりする人って、いないもんな。……あっ、でも、こういうことってあるんじゃない？　たとえば、その予言をきいた人が、同じ飛行機に乗って死ぬはずの人に、その未来を教えちゃうとか……」

「そういうことが起こる場合は、条威もその未来はわからないそうよ。まるで鍵《かぎ》がかかってるド

ア の向こうみたいに、どうしても入っていけないんだって」

つまり、彼《かれ》らが『グリーンハウス』から逃《に》げたときを例にとれば、谷川に飛びこんで助かった自分たちの映像が見えたということになるわけだ。そう考えて、僕《ぼく》はようやく条威の能力を理解できた気がした。

ひとことでいえば、条威には未来を知る力があるだけで、その未来を変える力はないということになる。彼が予知できる未来は、すでに彼の予言がなんらかの影響《えいきょう》を及《およ》ぼしてしまった未来でしかないのだ。それでも彼の能力が、僕がこの2日間で出会った他《ほか》のサイキックたちのそれとは根本的にちがう『重み』をもっていることはまちがいない。

たとえば明日なんらかの絶対に変えられない原因で人類が滅《ほろ》ぶとしたら、条威はその絶望的な未来を予言できることになるのだから。

「なるほど、タイムパラドックスはぎりぎりのところで避《さ》けられてるってわけか。ある意味で、かえって信用できるな、あの条威って子の予知能力は」

といって灯山さんは、条威の寝顔《ねがお》をしげしげとながめた。

「タイムパラドックスって、なんだ?」

と、海人は僕にたずねた。彼にはSF小説とかを読む趣味《しゅみ》はなさそうだ。

「ある人が時間をさかのぼって自分の祖先を殺したとしたら、自分は生まれないことになって、祖先を殺すこともできなくなるだろう？　そういう、タイムマシンをじっさいに使うとなると、どうしても生まれてしまう矛盾《むじゅん》のことをいうんだ」

「でもよ、予言とか予知ってのは、別にタイムマシンで昔にもどるわけじゃねえべ？」

「同じことなんだよ。予知能力で未来の自分を殺すことになる人がわかったとして、その人を先に殺したらどうなる？　自分がその人に殺されるっていう未来そのものがなくなって、予言ははずれたってことになっちゃう」

「な、なるほど。難しい話だな、ちょっと……」

海人は、そういって首をひねった。

条威の予言が１００パーセントはずれないということは、このタイムパラドックスにふれるような未来は、そもそも予知できないということになるが……。

ほんとうにそうなのだろうか。

彼《かれ》はほんとうはわかっているのではないか。しかし、それを口にしないだけなのでは？　そんな疑問がふいにわいてきた。

もし、なにもかもわかっていて、しかし口にせずにいるのだとしたら。条威という少年は、まるで神のような存在だ。

栄光も破局もすべての未来を知っていて、あくまで傍観《ぼうかん》しつづける。それはまるで、最後の晩《ばん》餐《さん》のときに12人の使徒の中に裏切り者がいるのを知りながら、あえて死後の復活という未来のために十字架《じゅうじか》にかけられて刑死《けいし》する運命を受けいれた、イエス・キリストのようではないか?

キリスト……?

そうだ、キリストは知っていたのだろうか。

ヒロシマに原爆《げんばく》が落とされることを。

そしてその悲劇をきっかけに、世界を何度でも滅《ほろ》ぼしてしまえるような核爆弾《かくばくだん》が、この世にあふれかえるという未来を。

あるいはもっと先の人類が滅びさってしまう日のことを。

ふと、『審判《しんぱん》の日』という言葉が思《おも》い浮《う》かんだ。

幼いころ通っていた幼稚園《ようちえん》で、園長先生に何度も読んできかされた聖書の中の言葉。

まさか……ね。

そう否定しながらも僕《ぼく》は、あどけない条威の寝顔《ねがお》に底知れぬ寒けを覚えた。

さんざっぱら飲んで食って騒《さわ》いで、気がつくとみんな狭《せま》い『校務員室』でざこ寝《ね》状態になっていた。僕《ぼく》もいつのまにかウトウトしていて、ふと目をさますと顔の前にやたらとでかい海人の足があった。

「ああ、もう……」

と、はらいのけて起き上がる。

誰《だれ》が電気を消したのか、部屋の中はまっ暗だった。

僕はトイレに行くつもりで立ち上がり、人を踏《ふ》まないように気をつけて歩いていく。

出口近くに綾乃がいた。扉《とびら》の小窓からさしこむ廊《ろう》下《か》の非常灯に照らされて、その表情がうかがえた。幼い子供のような寝顔だった。小龍といい、サイキックたちはみんな、ふだんは年のわりに大人びたところがあるけれど寝顔はむしろ子供っぽい。

ほんとうは少し彼女《かのじょ》の寝顔をながめていたかったけれど、目をさまされたら変に疑われるかもしれないのでやめにして、僕は音をたてないようにソッと部屋をぬけだした。

廊下は電灯が消されていて、ポツポツと灯《とも》る非常灯と、校舎の裏庭に面した窓からの月明かりだけがたよりだった。

先生も生徒もいない学校は、やたらに広く感じる。

あまりにも静かで、自分の足音がこだまして、はく息の音さえもひびく。まっすぐに伸《の》びた廊《ろう》下《か》は病院のそれとよく似ていて、なんだか不気味だ。

トイレは、校務員室からは廊下の反対側にある。

僕《ぼく》はなるべく早く用をすませようと、早足で廊下を進んだ。

「クスッ……」

ふと、暗闇《くらやみ》がよどむ廊下の奥《おく》で、笑いをこらえるような気配がした。

立ちどまって目をこらす。誰《だれ》もいない。いや、いるはずがないのだ。もう時刻は夜中の1時ちかい。こんな時間に、僕たち以外の誰かが学校を訪《おとず》れるはずがなかった。

「クックック……」

だが歩きだすと今度は、よりはっきりと笑い声がきこえた。

まちがいない、誰かいる。廊下の端《はし》っこの手洗い場の前だ。そのあたりは非常灯がないから暗くてよくわからないけれど、たしかに人影《ひとかげ》のような黒い塊《かたまり》がうずくまっている。

「誰かいるの？」

足をとめて呼びかけた。

すると手洗い場の蛍光灯《けいこうとう》が、チカチカとためらいながら点灯した。

うずくまる人の姿が、白い無機質な光にうかびあがる。

少年だ。小柄《こがら》な、やせた少年。

全身が総毛立った。

あれはここの生徒なんかじゃない。ぜったいにちがう。

サイキックだ。

そう思って引き返そうとした瞬間《しゅんかん》だった。

ガシャ――――ン！

耳の奥《おく》に突《つ》きささるような不快音をたてて、廊下《ろうか》の窓ガラスがすべて砕《くだ》けた。

「うわあ〜〜〜っ！」

僕《ぼく》は降り注ぐガラスのかけらにおそいかかられて、思わず廊下に突《つ》っ伏《ぷ》した。

まちがいない。あれは敵だ。

綾乃たちを追いかけているやつらの放った、第3の刺客《しかく》――。

「綾乃！　小龍！　海人！　灯山さんっ！　起きてっ、起きてくれえっ！」

ガラスだらけの廊下をはうようにして進みながら、僕は叫《さけ》んだ。

「サイキックだ！　敵がきたんだっ！」

そういって振《ふ》り返《かえ》る。数十メートルも離《はな》れていたはずのそいつは、信じられないスピードで僕《ぼく》のほうをめざして近づいてきていた。走っているのではなかった。そいつは宙に浮《う》いていた。うずくまった姿勢のまま廊下《ろうか》を飛んでいるのだ。

「うわあ～～～～っ！」

必死で走る。ガラスを踏《ふ》んで、パキパキとはじけるような音がする。すべって転べばきっとガラスのかけらで血まみれだ。でも、そんなことにかまっている暇《ひま》はなかった。

このことを知らせなきゃ！　みんなを起こさなきゃ！

「待てよ、『野生種』クン」

もつれる足を必死でうごかして走っていた僕を追いこして、そいつは目の前に立ちふさがった。ポケットに手を突《つ》っこんで、ニヤニヤと狂気《きょうき》めいた笑《え》みを浮《う》かべて。

「キミ、名前は？」

そうきかれて、思わず答えた。

「か、翔……」

「ふーん。カケルくんか。どういう字書くの？」

「ひ、飛翔《ひしょう》の『翔』……だけど……」

ヤバイ。こいつは、ほんとうに危ないやつだ。なんか今までのふたりとはちがう気がする。もっと理屈抜《りくつぬ》きのいかれ野郎《やろう》だ、きっと。

「翔くんかぁ。オレは、猛丸《たけまる》っていうんだ。猛獣《もうじゅう》の『猛』に、丸三角四角の『丸』で猛丸。いい名前だろ？　強そうでさ。すっごく気に入ってるんだ。でも、昔はだいきらいだった」

「な、なんできらいだったの？」

綾乃たちはきっと気がついてる。すくなくとも灯山さんは、ぜったいに目をさましてる。だっていちおうは、この学校の警備員なんだし。

なんでもいいから時間かせぎをするんだ。

「かっこいい名前じゃないか。なんできらいだったのかな？」

猛丸は僕《ぼく》の質問に反応して、笑《え》みを投げ捨てていった。

「イジメられたからだよ」

「え？」

「強そうな名前のくせして、チビでぜんぜん弱いからって、ハンパじゃなくイジメられたんだよ。小学生のころから、ずーっとね」

「そ、そうなの……それは大変だったね……」

いって、すぐに後悔《こうかい》した。この発言はまちがいなく彼《かれ》を怒《おこ》らせる。そういうタイプだ、この猛丸ってやつは。

「大変？」

猛丸は、眉《まゆ》をひそめて僕《ぼく》を見た。やっぱり怒らせちゃったみたい。

「ああ、大変だったよ、ほんとに。金目のものを持ってるとぜったいに取られたし、靴《くつ》は下駄箱《げたばこ》に入れとくとまちがいなく捨てられるから、いっつも教室まで持ってきてた」

なんて悲惨《ひさん》な話だろう。でも、僕の学校でもそういうやつがひとりかふたりは必ずいた。

「悲惨なのは海の学校とかそういう移動教室で泊《と》まりにいったときだよ。朝起きると必ず便所に寝《ね》かされてるし、食事には毎回へんなもの入れられるしさ」

「へ、へんなものって？」

「ゴキブリとか。アハハ」

笑い事じゃない。そこまでひどい話は、さすがにきいたことがない。

「なぐられるけられるは毎日のことだから慣れちゃってたけど、汚《きたな》いことさせられたり、みんなの前で恥《は》ずかしいことをしろっていうのとかは、最後までつらかったなぁ。ほんっと、つらかったよ……」

猛丸は、そのころのことを思い出したのか、目《め》に涙《なみだ》をためていた。

さすがにすこし同情したけれど、そのあとの話をきくと逆に同情はイジメた側に向けられることになった。

「でも、そんなある日のことです。猛丸くんはいつものようにイジメっ子のリーダーの少年Aくんに、駅のホームでおこづかいを巻きあげられていました。……あ、そうそう、オレの通ってた中学は小学校から一貫《いっかん》の私立だったからさ。それで電車乗って通ってたんだよ。……おっとごめんね、話がそれちゃって。ふふふ」

猛丸の表情に笑《え》みがもどった。先ほどよりも、もっとずっと残忍《ざんにん》そうな笑いだった。

みんな、まだ起きてないのか？

早くきてくれ。ほんとに殺されるかもしれないよ、このいかれ野郎《やろう》に。

「そのときでした。Aくんは、なぜかとつぜんホームから線路に落っこちて、危うく死にかけるような大ケガをしてしまったのです。その様子を見ていた他《ほか》の生徒たちの証言から、猛丸くんがホームから突《つ》きおとしたことになって、カレは更生施設《こうせいしせつ》ってとこに送られることになりました。でも、ほんとは猛丸くんはAくんに指一本触《ふ》れてなかったんです。なのにどういうわけか彼《かれ》は吹《ふ》いてもいない風にあおられたみたいに、フワッと浮《う》かぶようにして線路まで飛ばされてしまったのです」

僕《ぼく》はひたすら祈《いの》った。お願いだから早くきてくれ、綾乃、小龍、海人、灯山さん！

「その施設《しせつ》でファーマーさんに目をつけられたおかげで、猛丸くんは、はれて『グリーンハウス』で暮らせるようになり、そこで手に入れた不思議な力をつかって、イジメっ子たちに合法的に復《ふく》讐《しゅう》をとげたのでした。おしまい。——ふふふ。どうだった？　オレの身の上話」

「ご、合法的復讐って……？」

「わかるだろ、キミだって。超能力《ちょうのうりょく》って、存在自体が世の中に認められてないから、なにやっても法に触《ふ》れないんだよ。だから、訓練の合間にね。実戦トレーニングをさせてくれってファーマーに頼《たの》んで、あいつらに、さ」

そういって猛丸は、さも愉快《ゆかい》そうに笑った。

完璧《かんぺき》にいかれてる。

「そ、それで、そのキミをイジメたひとたちって、どうなったの？」

きかずにはいられなかった。

「さぁー、どうなったでしょう。ふふふ」

いろんな悲惨《ひさん》な想像が、頭の中をかけめぐった。思うに猛丸は、サイコキネシストだ。みんなから僕《ぼく》がもってると勘違《かんちが》いされてる観念動力——いわゆる念力ってやつを、ほんとうに使えるサイキックなのだ。

だとすると、それこそ『見えない手』で人間のひとりやふたり、どうとでもできる。遠くから狙《ねら》いをさだめて、走ってくる車の前に飛びださせたり電車の線路に落とすなんてのは朝飯前。空に持ち上げて落っことしたり、首に紐《ひも》を巻きつかせて締《し》めあげたり、それ以外にもあんなことやこんなことだって、指一本ふれないでやりとげることができるのだから。

それが次の瞬間《しゅんかん》の僕の運命なのかもしれないと思うと、泣きながら謝《あやま》ってしまいたかった。

謝って見のがしてくれるとは、とうてい思えない相手だけれど。

「さぁーて、じゃあはじめようか、翔くん。キミの力とオレの力、どっちが強いか競争だよ。ふふ……」

ふいに、僕はめまいのような感覚におそわれた。が、それはすぐにめまいではないとわかった。足にかかる自分の体重がスッと消え、次の瞬間には僕の体は宙に浮《う》きあがっていたのだ。

どこにも体をつりあげられているという感触《かんしょく》はなかった。それこそ水中に浮かんでいるようなとらえどころのなさに包まれて、僕は空中に漂《ただよ》っていた。

「うわっ、や、やめてくれえっ!」

足をジタバタさせてもがく僕《ぼく》を見て、猛丸はおかしそうに笑って、

「あはっ、あははははっ。なんだよ、そのザマは。それでも将や麻耶を手玉にとったサイコキネシストかよ?」

だからちがうんだって。僕はほんと、たんなる平凡《へいぼん》そのものの中学3年生で、サイキックでもなんでもないいんだ。綾乃たちとは成り行きで仲間になっちゃっただけだし、将や麻耶と闘《たたか》ってなんだか知らないけど勝っちゃったのは、一生に1度か2度、あるかないかの幸運のおかげで——

なんてことをわめきたてたかったけれど、けんめいにがまんした。

それを知った猛丸が僕に興味をなくして、いらなくなったオモチャをすてるように僕を壁《かべ》にたたきつけるんじゃないかと考えたからだ。そういう相手だ、このいかれサイキックは。

だから僕は、例によって時間かせぎのために精いっぱい強がることにした。

はやく綾乃たちがきてくれることだけを祈《いの》って。

「これくらいにしてくれよっ、猛丸くん! でないと、僕も本気をださなくちゃならなくなっちまう!」

だが、この強がりは逆効果だった。

「へーっ、それは面白《おもしろ》いな。はやく本気とやらを見せてくれよ。さあっ、さあっ、さあっ！」

猛丸のかけ声が廊下《ろうか》にひびく。そのたびに、僕《ぼく》の体はヨーヨーのようにふりまわされる。

助けて、と叫《さけ》びたかったが声もでない。

もうダメだ。ぜったい殺される。壁《かべ》にたたきつけられてトマトみたいにつぶされる。

そう思った刹那《せつな》だった。

ゴオッ。

なにも燃えるものなどないはずの学校の廊下に、天井《てんじょう》まで届くような巨大《きょだい》な炎《ほのお》がふきあがり、僕と猛丸のあいだをカーテンのようにさえぎった。

反射的に猛丸がとびのき、そのままみずからの念力で宙にとどまる。いれかわるように僕は空中から落下して、廊下にたたきつけられた。

「よう、猛丸。オレの仲間に上等くれてんじゃねえよ」

背後でドスのきいた声がした。

海人が、両手をブラックジーンズのポケットに突《つ》っこんで立っていた。

「海人っ！」

涙《なみだ》がでそうなほどうれしかった。これで助かると思った。でも僕のそんな思いとは裏腹に、海人の顔は緊張《きんちょう》でこわばっている。どうやら廊下《ろうか》を火の海にできるほどの力をもった海人でさえも、猛丸を相手にするのは命がけの覚悟《かくご》がいるらしい。

「悪かったな、翔。おそくなっちまってよ。でも、まともに正面からでていくと、こっちが危ねえ相手なんだ、この猛丸ってのは」

そういってアゴをしゃくるようなしぐさをすると、マジックショーのように炎《ほのお》はかき消えてしまう。

「わかってるよ、海人。気をつけて」

僕《ぼく》は、打ったお尻《しり》をおさえながら立ちあがった。ガラスだらけの廊下についた手からは、血が滴《したた》っている。

「ひとごとみてえにいうなって。お前もサイキックだろうが。麻耶と将を手玉にとった力を見せてくれや?」

うん、と力強くいえない自分がふがいなかった。

「ふん。他《ほか》の3人はどうしたの?　サイコバーナーくん」

と、猛丸がきく。海人を前にしても余裕《よゆう》の笑《え》みを浮《う》かべている。

「あたしならここよ?」

廊下《ろうか》の反対側から綾乃が現れた。手には麻酔銃《パラライザー》を構えている。猛丸を廊下ではさみうちにするために、2階に上がってまわりこんだらしい。

「――動かないで、猛丸。ちょっとでも動いたら撃《う》つわ」

猛丸は、憎々《にくにく》しげに鼻にしわをよせて、

「そんなもん、オレに当たると思ってんの、綾乃。麻酔銃なんか、サイコキネシスでかんたんに的をはずせるんだぜ」

「どうかしら？『栽培《さいばい》モノ』のあんたに、こうやって離《はな》れた場所にいるあたしたちふたりに向かって、同時にサイコキネシスをつかうなんて芸当ができるの？」

猛丸は、ムッとなってだまりこんだ。

「海人か翔に力をつかえば、そのすきを狙《ねら》ってこのパラライザーで、あんたを撃つわよ」

「そういうこった。綾乃のほうに精神を集中してなんかしようとしやがったら、そんときはオレがお前を火ダルマにしてやる」

なるほど、そのために二手にわかれたのか、と納得《なっとく》がいった。

身構えて、ガラスの割れた廊下の窓に背中から近づいていく猛丸は、綾乃たちのはさみうち作戦にとまどっているようだった。

「へっ、どうした猛丸。集中できねえのか、二手にわかれてるだけで。『栽培《さいばい》モノ』は力は強くても応用力がねえってのは、ほんとらしいな」

どうやら猛丸たち『栽培種』——つまり薬や機械の力で覚醒《かくせい》したサイキックは、1か所には強力なパワーを集中できるが、ターゲットがこうしてわかれていると、同時には精神を集中することができないらしい。

「物心ついたころからサイキックだったあたしや海人にとっては、超能力《ちょうのうりょく》は手や足でなにかするのと同じことだけれど、あんたはちがうよね、猛丸」

「お前ら薬でたたき起こされた連中は、赤《あか》ん坊《ぼう》がピストルをいきなり持たされたようなもんだ。引き金をひいてぶっぱなすことはできても、使いこなすには10年早《はえ》え。さっさと尻尾《しっぽ》を巻いて逃《に》げ出《だ》しな。そうしたら見のがしてやるぜ」

「ふん、3人がかりなら勝てるとでも思ってタカをくくってるなら、大まちがいだよ?」

猛丸は、そういって割れた窓から外に飛び出した。

「へっ、捨てぜりふかよ、今のは?」

と、海人が猛丸を追って窓から身を乗り出そうとしたときだった。いきなり闇夜《やみよ》からわきでたように人の姿が現れ、海人の顔面にパンチをくりだしたのだ。

「ぐっ！」

くぐもった声をあげて、海人は廊下《ろうか》にふっとばされた。

窓の外から海人にふいうちをくれた何者かは、また一瞬《いっしゅん》にして闇《やみ》に消え、今度は廊下にこつぜんと姿を現した。顔面をおさえて廊下に倒《たお》れている海人を見おろして、せせら笑う。

「くっくっくっ。えらそうにいってんじゃねえよ、海人ォ」

瞬間《しゅんかん》移動能力者、将だった。

「て、てめえええっ！」

海人の怒《いか》りの炎《ほのお》が一瞬、将を包もうとする。

「ちいっ！」

将が瞬間移動でかわす。だが、数メートル離《はな》れた場所に現れた彼《かれ》のジャンパーの袖口《そでぐち》は、ブスブスと煙《けむり》をあげている。

将は、くすぶる炎を振《ふ》り払《はら》い、

「やってくれるじゃねえか、てめえ……」

「火ダルマにしてやるぜ、将〜〜っ！」

海人はブチ切れた顔で、ふたたび炎をくりだす。

しかし、将はすばやい瞬間移動《テレポート》で今度は完璧《かんぺき》にかわした。

「そうかんたんに、このオレをつかまえられると思うなよ？　海人ォ！」

将のまとった赤いジャンパーが、非常灯だけがたよりの暗い廊下《ろうか》に、点滅《てんめつ》するライトのように現れては消え、また現れる。

それを追うように、海人の炎《ほのお》がきらめく。

目の前で繰《く》り広《ひろ》げられる悪夢のようなサイキック・バトル。

僕《ぼく》にできるのは、成り行きを見守ることだけだった。

「海人、さがって！　あたしが、幽体離脱《ゆうたいりだつ》でつかまえるわ！」

と、綾乃が目を閉じて精神集中をはじめる。

が、次の瞬間、

「きゃああっ！」

と、綾乃は耳をおさえて悶絶《もんぜつ》した。

——あははは。いいザマよ、綾乃——

今度は女の子の声がした。しかも耳からでなく僕の頭の中に直接きこえた。

——こないだは世話になったね、翔くん。今のはね、綾乃の頭の中であの子のきらいなヘビメ夕を、フルボリュームでかけてやったのさ。クスクス――

テレパシー使いの麻耶まで、近くにいるらしい。

――さぁーて、次はキミだよ、翔くん。とびっきりの幻《まぼろし》を見せてあげるからね――

いうがはやいか、廊下《ろうか》にグチャグチャにくさったゾンビがあふれかえる。

「うわあああ～～～～っ！」

恐怖《きょうふ》に全身の毛穴が開く。

おそいかかってくるゾンビたちが、僕《ぼく》の体に食いつき引きちぎる。

死の恐怖が胸をひきさく。

現実ではないとわかっていても、恐怖からのがれようとする本能が意識をうばいにくる。

気が遠くなる。

――ダメよ、翔、負けちゃダメ――

頭の奥《おく》で、麻耶とは別の声がした。

――あたしよ。綾乃よ。目を閉じて。あたしがキミの体を動かすわ――

幽体離脱《ゆうたいりだつ》だ。僕の中に、綾乃がいる。

いわれるままに目を閉じた。

ゾンビの恐怖《きょうふ》が遠のき、同時に体がなくなるような感じがした。

ほんの数秒、視力も聴力《ちょうりょく》も手足の感覚もすべてが遠ざかり、そしてもどってきたとき、僕《ぼく》はもう校舎から飛びだして裏庭にうずくまっていた。

目をあけると、僕の体から抜《ぬ》け出《で》ようとしている綾乃の半透明《はんとうめい》の体が見えた。

「綾乃……ゾンビは？」

――だいじょうぶ。もうこないわ。麻耶は『栽培《さいばい》モノ』のサイキックだから、ここまで離《はな》れていればテレパシーはつかえないはずよ――

「で、でも……」

――麻耶のことはあたしにまかせて。幽体離脱《ゆうたいりだつ》したまま探し出して、乗りうつってこらしめてやるわ――

綾乃は、そう僕の頭の中でいうと、僕からぬけでてまっ暗な空に飛びあがっていった。

「うわあああ〜〜〜っ！」

正気をとりもどした僕は、叫《さけ》び声《ごえ》をあげて走り出していた。

逃《に》げなきゃ。

あんな連中と闘《たたか》うなんて、むりだ。

じょうだんじゃない。

こんな悪夢みたいな状況《じょうきょう》で、平凡《へいぼん》な一、、、、中学生の僕《ぼく》に、なにができるっていうんだ。

後ろを振《ふ》り返《かえ》りもせずに、僕は走った。

校舎の裏庭をぬけると、取りこわしがはじまっている木造の旧体育館があった。『倒壊《とうかい》危険立入禁止』と大きく書かれた柵《さく》を乗《の》り越《こ》えて、カギのこわれた扉《とびら》を力ずくであけて中にはいる。

ここに隠《かく》れるんだ、サイキックたちの闘《たたか》いが終わるまで。

それしかない。

放置されている跳《と》び箱《ばこ》を扉の前に押《お》しつけて入り口をふさいだ。

ホッと肩《かた》をなでおろしてくずれるように膝《ひざ》をつくと、それを待っていたかのように背後で声がした。

「いいね、ここは静かで。1対1の勝負にふさわしいよ」

ぎょっとなって振り返る。

まっ暗な体育館の羽目板の浮《う》きあがった木の床《ゆか》に、猛丸が膝を抱《かか》えてすわりこんでいた。

「将のやつにね、キミを追ってテレポーテーションさせてもらったんだ。便利だね、ああいう仲間がいるとさ」

猛丸は、ゆらり、と立ちあがり、

「おかげで、オイシイ獲物《えもの》を逃《に》がさないですんだよ」

といって、うれしそうに笑った。

最悪だ。今度こそ殺されるかもしれない。

綾乃も海人も、将と麻耶の相手で精いっぱいだろうし……。

そうだ、小龍は？　灯山さんはどうしたんだ？

ふたりはどこでなにを、などと考える間もなく、僕《ぼく》の体は透明《とうめい》人間にでも投げられたようにフワッと浮《う》きあがって、体育館のバスケットゴールに向かって飛んでいた。


灯山晶と小龍は、そのときすでに校舎をぬけだして、校庭のすみの物置小屋に条威を運びこんでいた。海人たちが闘《たたか》っているあいだに、意識のもどらない条威を見つかりにくい場所に避難《ひなん》させ、それから闘いに加わるという手はずになっていたのだ。

「よし、もどるぜ、小龍」

灯山が、背負ってきた条威を体操用のマットに寝《ね》かせていった。

「ええ、急ぎましょう。綾乃さんと海人さんが、そうかんたんにあんな薬漬《くすりづ》けのにわかサイキックにやられるとは思わないけど、はやくカタをつけてここから逃《に》げないと。見つかっちゃった以上は、いつファーマーたちが大勢で乗りこんでくるかわからないし」

と、小龍が小屋の扉《とびら》をあけたときだった。

バシッ。

鈍《にぶ》い破裂音《はれつおん》。

小龍は突《つ》きとばされたように背後に飛ばされて、そのまま声も出せずに意識を失った。

「小龍！」

駆《か》け寄《よ》ろうとした灯山は、小屋の外の闇《やみ》の中で銃《じゅう》を構える大勢の人影《ひとかげ》に気づき、とっさに物陰《ものかげ》に身をひそめた。

「くそっ！　しまった」

灯山は自分のうかつさを呪《のろ》った。

最初からあの連中は、翔をおそったサイキックたちにつられて、綾乃や海人と自分たちがバラバラになったすきを狙《ねら》うつもりだったのだ。

そんなたくらみに、今になって気づくなんて。

「あたしも、カンが鈍《にぶ》ったもんだよ」

いまだに基本的なトレーニングを欠かしたことはない。その自信もあって、とある『政府機関』に所属し、第一線で危険と背中合わせの毎日を送っていたころと、自分自身はなんら変わっていないつもりだった。しかし、わけあって職場をはなれ、もう3年近いことを考えれば、危険を察知する能力がさびついているのをもっと自覚しておくべきだったのかもしれない。

手元に残したもう1丁の麻酔銃《ますいじゅう》をチェックする。

小型で上着のポケットにも収まるそれは、じつに精巧《せいこう》につくられたシロモノだ。実銃と同様の優《すぐ》れた工業製品だと思われる。

こんなものを携帯《けいたい》していること自体が、非合法結社である証拠《しょうこ》だ。それがわかっていながら、慎重《しんちょう》さを欠いていたことは否《いな》めない。

ましてや、サイキックの少年たちを全国からあつめて育成している団体があるときいて、すぐに3年前の『あの事件』との関連を思《おも》い浮《う》かべたはずなのに。だからこそ少年たちを受けいれ、彼《かれ》らが逃《に》げ出《だ》してきたという『グリーンハウス』なる施設《しせつ》の実態をさぐりあててやろうと腹を決めて、そのための準備を整えつつあったのに。

ここで敵に拉致《らち》されてしまったら、元も子もない。

もしも『グリーンハウス』が、3人もの同僚《どうりょう》たちが失踪《しっそう》することになった3年前の事件となんらかの関係があるとしたら。とらえられたが最後、自分の身元はすぐにわれてしまう。そうなれば、灯山もまた闇《やみ》から闇に葬《ほうむ》り去《さ》られることになるだろう。消えた同僚《どうりょう》たちと同じように。

麻酔銃《ますいじゅう》をにぎる手に汗《あせ》がにじんだ。

銃の性能は、裏山で試射をしてたしかめてある。特殊《とくしゅ》な麻酔弾《だん》を発射する構造のために、連射は3発しかできなかった。敵の数はざっと10人。うまく3人を倒《たお》せたとしても、つぎのカートリッジにさしかえているあいだに逆襲《ぎゃくしゅう》をくらう。

どうみても勝ち目はない。

せめて気功術で遠くはなれた敵を倒せる小龍が無事なら……。

闇の向こうで、なにごとか話し合う声がした。

敵が動きはじめたようだ。

足音をたてないように、ゆっくりと小屋に侵入《しんにゅう》してくる。

灯山は、呼吸を整えて、そのうちのひとりに狙《ねら》いをさだめた。敵は、こちらが同じ銃を持っていることを知らない。とりあえず、最初の3人だけは倒せるはずだ。

あとのことは、でたとこ勝負。そう思って、引き金に指をかけた。

「待ってください、灯山さん」

ふいに声がした。

ぎょっとなって振《ふ》り返《かえ》ると、闇《やみ》の中で目が光り、こちらを見つめていた。

条威だった。

「条威くん、あんた起きたの？」

思わず声がでた。

「いたぞっ、あの荷物の陰《かげ》だ！」

敵が声をあげて、いっせいに銃《じゅう》を灯山たちのいるほうに向けた。

「ちっ、見つかっちまったみたいだぜ、おかげさまで」

「だいじょうぶです。灯山さんは、１発だけ撃《う》ってください。右から3番目の男に向けて」

と、条威。長い眠《ねむ》りからめざめたばかりとは思えない、はっきりとした口調だった。

「あんた、起きたばっかだろ。いきなりなにを……」

「いいから、オレのいうとおりに。そうすれば必ず逃《に》げられる」

条威の自信にみちた言葉に、灯山は綾乃たちからきいた彼《かれ》の能力のことを思い出した。

もし、彼がほんとうに未来を知っているなら……。

「……わかった。やってみるけど、どうなっても知らないよ、あたしは」

灯山は構えていた銃《じゅう》の照準を、条威がいったターゲットに合わせた。

「オレが合図するから、迷わずに引き金をひいてください」

灯山は無言でうなずく。

「おい、隠《かく》れてるのはわかってるんだ。おとなしくでてくれれば、悪いようにはしない」

その男は、灯山が武器を持っているとは知らずに、銃をさげて近づいてくる。

「今だ」

条威の合図にしたがって、引き金をひいた。

バシッ、と鈍《にぶ》い銃声がして、標的にされた男はのけぞるようにして倒《たお》れた。

敵たちのあいだに、目に見えて動揺《どうよう》が走る。

今なら、もうふたりは確実に倒せると思い、条威にきいた。

「あと2発あるけど、もういいのかよ?」

するとと条威は、

「だいじょうぶ。あとはオレがやります」

といって、なんのためらいもなく物陰《ものかげ》から歩みでた。

「えっ？　ちょ、ちょっとあんた！」

「いたっ、条威だっ！」

敵が、マグライトを向けて条威をてらす。

だが、条威はゆうぜんと敵のひとりに近づいて、指をさしていった。

「立ち去れよ、ここから。でないと痛い目にあうよ」

「このガキィ――ッ！」

挑発《ちょうはつ》を受けた敵が、条威に向けた麻酔銃《ますいじゅう》の引き金をひいた。

万事休す。灯山は目をそらした。あの距離《きょり》からでは、素人《しろうと》でもぜったいにはずさない。

が、弾《たま》はそれた。

いや、条威がそらしたのだ。ほんのわずかに身をかわすだけで、ものの3メートルの距離《きょり》から発射された麻酔弾《だん》を。

次の瞬間《しゅんかん》、銃を撃《う》った男は、条威が手に持ったなにかでこめかみに軽い一撃《いちげき》をくわえられて、あっさりと倒《たお》されていた。

そこから先は、ほんの数秒のできごとだった。

敵はつぎつぎに銃で条威を撃とうとした。しかし、ある者は引き金をひくまえに条威を見失って、そのまま一撃《いちげき》で倒《たお》され、別の者は狙《ねら》いをさだめて撃《う》ったつもりがあっさりとかわされて、最初のひとりとおなじように逆襲《ぎゃくしゅう》をくらいたたき伏《ふ》せられた。

「だ、だめだっ、後退っ、いったん退《ひ》けえっ！」

敵のリーダーらしき男の指示で、残った数名が小屋から逃《に》げさるまでに、ものの10秒とかからなかった。

「もうでてきていいですよ、灯山さん」

そういって、条威は右手ににぎっていたものを投げ捨てた。乾《かわ》いた音をたてて転がったそれは10センチほどの長さの折れたバットのグリップだった。

あんなもので軽くたたくだけで、大のおとながつぎつぎに一撃で倒れたというのか。

灯山は、身をかくしていた物陰《ものかげ》からでてくると、興奮状態でたずねた。

「どういうことだよ、いまのは。なんで銃《じゅう》で撃たれてよけられるんだ？　それに、こんなゴツい男どもが、きゃしゃなあんたの軽い一撃で、積み木を崩《くず》すみたいに……」

「わかるからですよ」

「なに？」

「どう動けば弾《たま》にあたらずにすみ、相手がオレを見失ってくれるか、どこをどうやってたたけば

倒《たお》れるかも、オレには手にとるようにわかるんだ。だから、簡単なことなんです」

「わかる……だと？　そんなバカな」

「理解できませんか？」

「あたりまえだ。弾《たま》をよけたり屈強《くっきょう》な男を倒したり、わかってりゃできるってもんじゃないだろうが？」

「でも、こういうことってあるじゃないですか。たとえば子供が団地の5階のベランダから落っこちて、傷ひとつ負わずに助かったとか。飛行機が落ちて助かる人だっている。逆に、道ですべって転んだだけで死んでしまうことだって珍《めずら》しくない。こういう『偶然《ぐうぜん》』とか『奇跡《きせき》』とかっていわれてるものを、先に知って選んで動くことができれば、弾をよけたり軽くたたいて人を倒すくらいのことはべつに難しくない。そう思いませんか？」

理解できない話ではなかった。しかし、灯山の中の常識が、納得《なっとく》するのを拒《こば》んでいた。

それが伝わったのか、条威は、やれやれという顔で、

「がんこな人ですね。まあ、わかってはいましたけど」

「わかってた？　いつから」

「目がさめたときからですよ」

「あたしの名前も、か？」

「もちろん」

と答えて、条威は微笑《ほほえ》んだ。天使のような笑みだった。

だが、灯山にはその笑顔さえも恐《おそ》ろしかった。

「灯山さん」

「えっ、な、なんだ？」

「小龍を頼《たの》みます。オレは、仲間を助けに行かなきゃ」

そういって暗い校庭を走《はし》り抜《ぬ》けていく条威の後ろ姿を、灯山はぼうぜんと見送った。

「まったく、翔のやつときたら、とんでもないガキを拾ってきやがったもんだぜ」

ひとりごとをつぶやきながら、ポケットから携帯《けいたい》をとりだした。
1、1、0……とプッシュして、最後に通話ボタンを押《お》そうとしてやめた。
なんと説明していいかわからない。超能力《ちょうのうりょく》少年が暴れてますとでもいうのか。秘密結社の悪党どもが、学校で銃《じゅう》をぶっぱなしましたとでも？

笑って相手にされないか、夜中にいたずらはよせ、と怒鳴《どな》られるのがオチだ。

それにこれはもはや、田舎町《いなかまち》の警察にどうこうできる事態ではない。

灯山はかつての職場の、深夜でも通じる緊急連絡先《きんきゅうれんらくさき》に電話をかけ、上司だった男をむりやり呼びだした。

灯山が去ったあとも連絡を取りあっている、ぜったいに信用できる人物だった。上司だったころは女だからといって容赦《ようしゃ》せずに灯山に過酷《かこく》な任務を課したりもしたが、それがかえってうれしくもあった。

つかのまだが恋人《こいびと》だった時期もある。

だが、その上司にさえも灯山は、超能力《ちょうのうりょく》をもった少年たちの存在は、当分のあいだ伏《ふ》せることにして、ただ危険な地下組織のような連中におそわれたという事実だけを伝えた。

彼《かれ》は、灯山の置かれている状況《じょうきょう》に疑問をいだきながらも、力添《ちからぞ》えを約束してくれた。

「すぐに別件で警官をそこに派遣《はけん》する。キミは待機していたまえ」

といって、上司は電話を切った。

「待機していたまえ……か」

復職という言葉が思《おも》い浮《う》かんだ。

こうなってしまったからには、自分も組織をバックにして動いたほうがいいのかもしれない。

3年前の屈辱《くつじょく》を晴らすためにも。

「こうしちゃいられない。翔のやつはどうしたかな?」

灯山は、意識を失ったままの小龍を背負いあげて、サイキックたちが闘《たたか》っているはずの校舎に向かった。

6　万にひとつの奇跡《きせき》

取りこわし中の木造体育館の床《ゆか》から約3メートルの高さに、僕《ぼく》は宙ぶらりんになっていた。

猛丸《たけまる》のサイコキネシスによって、バスケットのゴールにぶっとばされた僕は、自転車くらいのスピードでバックボードに激突《げきとつ》しながらもリングにつかまって、そのままの状態で必死のふんばりをみせていたのだ。

肩《かた》からボードにあたったのが幸いだった。もし頭から突《つ》っこんでいたら、脳しんとうを起こしてその場で意識をなくしていただろう。

猛丸はバスケットのリングにしがみついている僕をひきはがそうと、すさまじい観念動力で僕の体を四方八方にふりまわしている。けんめいにこらえるうちに、さしもの猛丸も疲《つか》れたのか、すわりこんで能力をふりまわすのをやめた。

「しぶといねえ、キミって」

あきれ顔で、猛丸がいった。

「——なんのつもりかしらないけど、いつまでそんなふうに自分の力をつかわずに、みっともなくリングにしがみついてるんだ？　思うぞんぶんやりあおうよ、翔《カケル》くん。すごい力をもってるんだろう？」

「い、いや、それほどでもないんだ、ほんとに」

と、僕《ぼく》。ほんとうは手が痛くてつかまっているのも限界だったが、いつまた攻撃《こうげき》が再開されるかわからない以上、飛び下りるわけにもいかない。

「けんそんのつもり？　それともオレのことをナメてるわけ？」

「ナメてなんかいないよ！　ほんと、そんなつもりは……」

「だったら、力をつかえよ。サイコキネシスをさ。走ってる車を突《つ》っこませたり、風を起こしてみせたり、同時に10発もの麻酔弾《ますいだん》をそらしたりもしたそうじゃないか」

「はは、は……そんなこと、やったっけ？」

「ふぅーん、余裕《よゆう》のつもりなんだね？　だったら、オレにも考えがある」

そういって、猛丸は視線を僕からそらした。

物色するように、ゴミだとかこわれたイスだとか、古いくさったマットとかが散乱している体育館を見わたして、積み上げられた跳び箱《とばこ》に目をつけ、ニヤリと笑う。

「いつまでもそうやって、しがみついてるといい。そこの跳び箱をぶっとばして、キミにぶつけてあげるよ。それでも無抵抗《むていこう》のままでいられるなら、やってみな」

猛丸は、ほこりまみれのひしゃげた跳び箱に向かって、精神を集中しはじめた。

ガタガタと音をたてて、跳び箱の一番上の段がゆれはじめる。

「待った！　待ってくれよ、猛丸くん！」

「なんだい？　やる気がでた？」

「そうじゃない。きいてほしいんだ、僕《ぼく》の話を」

「話？」

「やめてほしいんだ、もうこんなこと。その『グリーンハウス』とかいうところのヤツらになにをいわれてるのか知らないけど、せっかくすごい力を手に入れたのに、こんなことに使うなんてバカバカしいと思わないの？」

「バカバカしい？」

「そうだよ、もっと世のため人のためになる使い道とか、あるはずじゃないか。ねっ？　そのほうがいいよっ。テレビにだってでられるし、一躍《いちやく》ヒーローだよ、きっと！」

「ふふっ、キミこそバカじゃないの？　オレと同じ力をもってるなら、わかるはずだけどな。世の中の凡人《ぼんじん》どもがオレたちの力を見たら、どう思うか……」

わからないよ、そんなこと。キミと同じ力なんか、ほんとうはもってないし。

「ねえ、翔くん。キミだってサイキックなら考えたことあるだろう？　たしかにオレたちがこういう力を人前でどうどうと見せれば、最初はちょっと面白《おもしろ》がるヤツだってでてくるだろうし、それこそテレビにだってでられると思うよ。見せ物小屋のビックリ人間みたいに、騒《さわ》がれもするだろうね。でもその興味本位の視線は、すぐに恐怖《きょうふ》にかわる。あんなバケモノを野放しにしたら、どんな悪事をはたらくかわかったもんじゃない。そう思った連中につかまって、八《や》つ裂《ざ》きにされるか、牢獄《ろうごく》にでも閉じこめられて研究材料にされるのがオチさ。ちがうかい？」

かえす言葉がなかった。

いわれてみればそうかもしれない。人間というのは異質なものをおそれる動物だ。常識で理解しがたい力をもつ者が現れれば、時には神として畏《おそ》れ敬《うやま》い、あるいは悪魔《あくま》として恐《おそ》れ迫害《はくがい》しようとする。キリストが神の子といわれながら、権力者によって十字架《じゅうじか》にかけられたように。

事実、僕《ぼく》だってはじめて綾乃《あやの》の力を目《ま》のあたりにしたときは、正直いっておそろしかった。僕が逃《に》げ出《だ》さなかったのは、たぶん彼女《かのじょ》が僕に『助け』を求めたからだと思う。

スプーンを曲げたりする手品師もどきの連中もふくめて、超能力者《ちょうのうりょくしゃ》がいるという話は古今東西いたるところにあるのに、誰《だれ》の目から見ても100パーセントまちがいなく本物だとわかる力の持ち主が、テレビにでたりニュースになったりすることはなかった。

でも、ほんとうは超能力者なんてたくさんいるのかもしれない。ただ、迫害《はくがい》を恐《おそ》れるあまり自分の力をひた隠《かく》しにして暮らしているから、表沙汰《おもてざた》になることがないだけなんじゃないだろうか。僕《ぼく》のまわりだけでも、この2日間ほどで正真正銘《しょうしんしょうめい》のサイキックが、かれこれ7人もそろったくらいなのだから。

そして仮に不思議な力があると他人に知られた場合でも、綾乃たちのように、それを利用しようとする輩《やから》によってまた隠されてしまう。だから、僕たち普通《ふつう》の人間の目にふれることもないし、まことしやかに囁《ささや》かれながらも、存在が確認されたという話をきくこともない。

そういうことなのだ、きっと。

ふと、自分をこんなおそろしい目にあわせている猛丸が、とてもかわいそうに思えた。

ずっと理不尽《りふじん》にイジメられつづけて、そのイジメを跳《は》ね返《かえ》せる力を手にしたと思ったら、今度は自分のその力を他人に知られることを恐れて生きていかなくてはならない。

なんて悲しい運命だろう。

彼《かれ》のふりまわす暴力のけたたましさは、心の叫《さけ》びなのかもしれない。

誰《だれ》か助けてと泣きわめく彼自身の……。

猛丸だけではない。綾乃たち４人も同じだ。彼らがお互《たが》いをなによりも信頼《しんらい》し大切にしている理由は、きっとここにある。

同じさだめに生きていける、かけがえのない仲間なのだ、彼らは。だから海人《カイト》も、ほんとうは自分をどこかで恐《おそ》れているかもしれない『無国籍街《むこくせきがい》』の仲間よりも、綾乃たちを選んだ。

「ねえ、翔くん？」

猛丸の問いかけに、我に返った。

「えっ？　な、なに？」

そうだった。いまは彼に同情しているときでもなければ、綾乃たちのことを思っている場合でもなかった。

「オレ、なんかキミのこと気に入ったよ」

「そ、そう……？」

「キミとは、友達になれる気がする。ほんとはオレの力を証明するために、ギタギタにしてやるつもりだったんだけど、オレのいうことをきくならカンベンしてあげてもいいよ」

「な、なに？　キミのいうことって……」

「オレと一緒《いっしょ》に『グリーンハウス』にこないか？　それで、世界を変える目的のために働くんだ。オレたちは人類の新たなる進化の先駆《さきが》けなんだ。今の人類がネアンデルタール人なら、オレやキミはクロマニョン人ってとこさ。いや、それ以上の差があるといっていい。だから、連中はオレたちを恐《おそ》れるだろうし、数にまかせて迫害《はくがい》したりもするだろう。それをさせないために『グリーンハウス』はつくられたんだ。オレを引っぱってくれたファーマーの生島《いくしま》さんって人はそういってた。人類の進化のために、ひと役買いたいんだって」

そんなわけがない。彼《かれ》はだまされている。『グリーンハウス』という秘密施設《しせつ》をつくった連中がなにを企《たくら》んでいるのか、僕《ぼく》にはわからない。でも、それをつくった人間は、たぶんサイキックなんかじゃないはずだ。

だったら、サイキックたちが上に立つ世の中なんか望んでいるわけがない。彼らが猛丸たちを手なずけている理由は、きっと別にある。

「翔くん、キミもおいでよ。条威《ジョーイ》たちなんかとツルんでないでさ。オレたちサイキックは人の上に立つべきなんだ。せっかく、この悪党ばっかりが得をするような、最低最悪のくさり切った世の中をただす力を神様がくれたんだから……」

「ちがうよ、猛丸くん」

なぜだかむしょうに腹がたった。猛丸にではなかった。彼《かれ》にそんな身勝手な理屈《りくつ》を吹《ふ》きこんだ連中にたいしての怒《いか》りだった。

「ちがう？　なにが？」

と、猛丸が問い返す。

僕《ぼく》はリングから手をはなして、床《ゆか》に飛び下りた。バキッと音をたててくさった木の床が割れ、よろけてしりもちをつく。まったく、なさけない。これでスタッとかっこよく降りたつことができたら、すこしはヒーローっぽいのに。

でも……。

なぜだろう。

猛丸のことが、もうそんなに怖《こわ》くない。

「キミ、ぜったいにまちがってる。その『グリーンハウス』の連中にだまされてるんだ」

「だまされてる？　オレが？」

「そうさ。利用されてるんだよ、わからないの？」

「ふざけんな、バカヤロウ。なんでオレが……」

「ふざけてなんかないさ。キミはかわいそうなヤツだよ。そうやって、だまされて使われてることに気づかないなんて」

「かわいそう？　オレが……かわいそうだって……？」

「かわいそうだよ。おなじ超能力《ちょうのうりょく》をもった仲間と、こんなバカバカしい殺し合いみたいなことまでさせられて……」

「かわいそうだって……このオレが……」

「猛丸くん……？」

「かわいそう……」

いきなり猛丸が、ブルブルと震《ふる》え出《だ》した。

目つきもおかしい。ぼんやりと虚空《こくう》を見つめて、口を半開きにしている。

「ど、どうしたの、猛丸……」

「殺してやる」

「え？」

「殺してやるよ、お前」

焦点《しょうてん》の合わなかった彼《かれ》の目が、憎悪《ぞうお》をほとばしらせて僕《ぼく》をにらんだ。

やばいっ。

僕《ぼく》はあわてて、手近にあった柱にしがみつく。

「死ねよお前〜〜〜〜っ！」

怒《いか》りとともに、サイコキネシスの嵐《あらし》が吹《ふ》きあれた。

取りこわしのはじまっている老朽化《ろうきゅうか》のすすんだ木造体育館は、すさまじい精神波の渦《うず》にふりまわされてミシミシときしむ。

手にした武器をメチャクチャにふりまわすような猛丸の攻撃《こうげき》に、僕は台風に吹きとばされそうになっているかのような状態で、必死に柱にしがみついた。

「このやろう、ぶっとばしてやる、オレの力を見せてやるからなぁ〜〜っ！」

そういって、猛丸はシャツのポケットからだした数粒《すうつぶ》のカプセルを、まとめて口にほうりこんだ。

「グチャグチャになっちまえ、お前なんかっ！」

口にいれたカプセルをかみくだいた。苦いのか、顔をしかめる。

だが次の瞬間《しゅんかん》、猛丸の様子が変わった。

唾液《だえき》にとけた薬物が一気に吸収されたのだろうか、まるで別人のように顔面の筋肉をひきつらせ、目をしばたたかせている。

ブルッ、と寒けをおぼえたときみたいに体をふるわせ、そしてのどの奥《おく》から悲鳴のような叫《さけ》びを発した。

「ひいいぃいぃいいぃいいぃいいぃ～～～～～～～っ！」

狭《せま》い体育館の中に、竜巻《たつまき》のような風が巻きおこった。いや、風ではなく猛丸の精神波そのものだったのかもしれない。

それまでの猛丸の放ったパワーの、何倍、いや何十倍というすさまじいサイコキネシスの衝《しょう》撃波《げきは》が、わずかに残っている窓ガラスをこっぱみじんにし、羽目板の浮《う》いた床《ゆか》をひきはがし、散らかっているイスや跳《と》び箱《ばこ》やマットを空中に投げだし、壁《かべ》をたたきわっていく。

その圧倒的《あっとうてき》な力は、柱のくさった取りこわしの進む体育館には耐《た》えられなかった。

僕《ぼく》のしがみついていた柱は上部でボッキリと折れて倒《たお》れ、それが引き金になって体育館のフロアをかこんでいる数本の太い柱が、つぎつぎにへし折れていく。

僕は、最初の柱が倒れた拍子《ひょうし》に体育館の入り口近くまで投げ出された。

扉《とびら》はすでにひきはがされてなくなっていた。

僕はとっさに外にころげでる。

が、すぐに体育館の中をふりかえり、猛丸の姿を探した。

彼《かれ》は、頭をおさえて膝《ひざ》をついていた。

僕《ぼく》の目にもそれとわかるような精神波の奔流《ほんりゅう》を、その小さな体からとめどなく放ちながら。

それは、暴走だった。

大量の薬物によって爆発的《ばくはつてき》に吹《ふ》きだしたサイコキネシスを、未熟な精神がコントロールしきれなかったのだろう。

荒《あ》れ狂《くる》うパワーはとどまるところを知らずに、木造体育館の壁《かべ》や柱を破壊《はかい》しつづける。

とうとう、体育館全体がゆっくりと揺《ゆ》れはじめた。

その揺れがしだいに大きくなっていくのを見て、僕は直感した。

このままでは崩《くず》れる。

猛丸は、崩れた体育館の下敷《したじ》きになる。

僕は反射的に体育館の中に駆《か》けもどっていた。

「猛丸くんっ！　逃《に》げるんだっ！」

降ってくるガラスのかけらや天井《てんじょう》の羽目板をよけながら、けんめいに猛丸のところに向かう。

猛丸もまた、僕に気づいてふりかえる。

「あ……ああ……うう……」

言葉にならないうめきをもらして、涙《なみだ》をにじませながら、ヨロヨロと僕《ぼく》に向かって手をのばした。その瞬間《しゅんかん》だった。

バキバキバキッ。

雷《かみなり》のような音をたてて、体育館が崩壊《ほうかい》した。

僕は手をのばし、猛丸の手をつかんだ。

逃《に》げなきゃ。

こっちだ。

振《ふ》り返《かえ》るとそこには、もう出口は見えなかった。

崩《くず》れ落《お》ちた建物の残骸《ざんがい》が立ちはだかっていたのだ。

とっさに天井《てんじょう》を見上げた。

10メートル以上の高さにあったはずの天井は、ものの5メートルのところまで近づいてきていた。

無数の瓦礫《がれき》や折れた柱や羽目板がおりかさなるようにして降ってくる。

だめだ。

下敷《したじ》きになる。

死ぬ。

……いやだ。

まだ僕《ぼく》は……。

そう思った瞬間《しゅんかん》、頭の中がまっ白になり、崩落《ほうらく》の轟音《ごうおん》を耳の奥《おく》にのこして、僕は意識をうしなってしまった。


条威が翔と猛丸の闘《たたか》っていた木造体育館にかけつけたのは、その古い建物が崩壊《ほうかい》した直後だった。

たちこめる粉塵《ふんじん》を吸いこんで、むせかえる。

シャツの袖《そで》で鼻と口をおさえながら進むと、瓦礫《がれき》やへし折れた柱と梁《はり》、くだけた壁土《かべつち》とひしゃげたトタンが折り重なる無残な光景が、月明かりの下に浮《う》かび上《あ》がった。

住宅街でこんな崩壊が起きていたら、夜中であろうと大騒《おおさわ》ぎになるはずだが、さいわいにしてこの中学校の周辺は畑と雑木林だった。

灯山晶《ひやまあきら》が呼んだであろう警官たちがやってくるまでに、やるべきことをやっておかないと。

そう思って、瓦礫《がれき》の山をかきわけようとしたときだった。

「条威！」

「テメー、いつのまに目ェさましやがった！」

綾乃と海人の声がした。

ふりかえると、全力でかけてくるふたりがいた。

「やあ、無事だったかふたりとも」

「まあ、なんとかな」

と、海人。顔になぐられたあとがあり、口の端《はし》から血をながしている。

綾乃の顔にも、ひどい疲労《ひろう》のあとが浮《う》かんでいた。

「その様子だと、からくも勝ったってところかな、麻耶《マヤ》と将《ショウ》に」

条威といえども、未来のすべてが予知できるわけではない。

遠い未来がわかることはほとんどないし、すこし先のできごとでも、自分の身に起きること以外は見えたり見えなかったりなのだ。

ただ、今回は綾乃たちふたりが殺されたりつかまったりせずに、なんとか無事に危機を切りぬけるだろうとは感じていたが。

とはいえ、『無事』という言葉には幅《はば》がある。

かけがえのない仲間たちが、こうして元気に走ってきたのを見て、条威も正直ホッとした。

「で、あのふたりはどうなったんだい？」

条威はバトルのなりゆきをたずねた。

「あたしのほうは結局、麻耶を見つけられずじまい。もう、飛びまわってヘトヘト。逃《に》げたのね、あいつきっと」

と、綾乃は少し悔《くや》しそうにいった。

海人は斜《しゃ》にかまえて、

「オレは将のやつをいいとこまで追いこんだんだがな」

「あら、どうだか。血だらけじゃない」

「あ？　バカいうな、ヤロウなんざ、あちこちヤケドでもっと悲惨《ひさん》だぜ。でもまあ、焼き殺すわけにもいかねえだろうし、カンベンしてやったんだよ」

「まあ、どうでもいいけど。それより条威、これなによ？」

綾乃は瓦礫《がれき》の山と化した体育館をさしていった。

「――翔と猛丸は、どこにいるの？　ひょっとして、あのふたりのサイコキネシスで、こんなになっちゃったとか？」

「ああ。らしいね。たぶんふたりは、この瓦礫《がれき》の下だ」

「ええっ！　なんですって！」

「うそだろ、オイ！　じゃあ生き埋《いう》めに……」

「だいじょうぶ、生きてるよ。ふたりとも無事だ」

条威はいった。

「ほ、ほんとなのね」

「まちがいないさ」

「よかったぁー……」

「ちーっ、ドキッとしたぜ」

ため息をついてへたりこんだ綾乃と海人に、条威は、

「でも、さっさと助けないと、警察がきたらややこしいことになる」

「警察？　そんなモン、誰《だれ》が呼んだんだ？」

「もちろん、灯山さんさ。もうじき大挙してやってくるはずだ。それもあって、ファーマーたちも、それにキミらとバトルしてた麻耶や将も退散したんだろうね」

敵がひきあげた理由がそれだけではないことを、条威はうすうす感じとっていた。

でも、まだそれを口にするときではない。

こうやってみんなの力で敵を撃退《げきたい》できたことで自信をつけるべきなのだ、今は。

「条威、あたし、行ってくる！　翔がどこにいるか、探さなきゃ！」

いうが早いか、綾乃は目を閉じて幽体離脱《ゆうたいりだつ》をはじめた。


——起きて——


母さんの声がしたみたいだ。

学校かな、今日は。

起きなきゃいけない時間なのかな。

あれ？

じゃあゴールデンウイークはもう終わったの？

母さんや姉さんたちは、もうハワイからもどったの？

……そもそも僕《ぼく》は、なにをやってたんだっけ？

——起きて、翔——

うーん、まだ寝《ね》ていたいよ。

どうせ僕《ぼく》が寝起きが悪いからって、いつもみたいに早めに起こしてるんだろ？

もう少し。

あと、５分……。

――起きなさいっ――

「はいっ！」

ガバッと起き上がった。でも、そこはベッドじゃなかった。湿《しめ》った土の上だった。

母さんの声は、夢だったらしい。

そうだった。

思い出した。

僕は、猛丸と取りこわし中の体育館で闘《たたか》って……そして……たしか、崩《くず》れた体育館の下敷《したじ》きになったはずじゃ……？

「起きたんだね、翔くん」

すぐそばで声がした。

ハッと見ると、頭上からさしこむほんのわずかな光で、猛丸が横たわっているのが見えた。

「た、猛丸……くん……」

「だいじょうぶ。もう、なにもしないよ。てゆーか、できないんだ。しゃべるのがやっとで、身動きする力も残ってない……」

どうやら暴走してサイコキネシスを出しつくしたらしい。

「……それに、キミはオレの命の恩人だしね」

「僕《ぼく》が？」

「おぼえてないの？　助けにもどってくれたじゃないか。それでオレをかばって、こんなふうに崩《くず》れ落《お》ちる体育館をサイコキネシスで止めてくれたんだろ？」

猛丸は、そういって目線を頭上にやった。

そこには落下してきた柱や梁《はり》が、複雑にくみあわさってできた『天井《てんじょう》』があった。

折れた材木や割れた板が、ちょうどドーム状におりかさなり、絶妙《ぜつみょう》のバランスで降りそそぐ瓦《かわら》や壁《かべ》やガラスの破片をくいとめていた。

僕と猛丸のいるあたりは床下《ゆかした》らしい。土がむき出しで、人がはって進めるくらいのスペースがあいている。ところどころ床をつきやぶった瓦礫《がれき》や材木でふさがれているが、うまくよけて通れば外に脱出《だっしゅつ》できそうだった。

僕《ぼく》たちは、落ちてきた柱が突《つ》き破《やぶ》ってできた穴から、この床下《ゆかした》に落ちたようだ。

最初に床下に落ちてしまったことも手伝って、ふたりの上に降ってきた材木や瓦礫《がれき》は、僕と猛丸を押《お》しつぶす寸前にすべて止まったのである。

ここのところつづいているラッキーどころの話じゃない、まさしく万にひとつの奇跡《きせき》だった。

瓦礫のすきまからさしこむかすかな月明かりの中で、猛丸はいった。

「すごいサイコキネシスだよ。何トンってありそうな体育館の残骸《ざんがい》を、一瞬《いっしゅん》でぜんぶくい止めるなんて。こんな奇跡みたいなことができるなら、最初っからオレなんか相手にならない。どうりで余裕《よゆう》かましてたわけだよな。はは……」

「そ、そんなんじゃないよ、僕は……」

これが僕の力なはずがなかった。いや、あえて僕の力だというのなら、万にひとつの奇跡を引き起こした運のよさがそれなんだろう。

「……運がよかっただけだよ、ほんと……」

「もういいよ。いいんだ……」

身動きしない猛丸の目尻《めじり》から、涙《なみだ》がツッと流れた。

「オレの負けだよ。翔くん。悔《くや》しいけど、少しホッとしてるんだ。なんでかな、ははは……」

O·N·L·Y

「猛丸くん……」

本当は彼《かれ》も、怪物《かいぶつ》じみた自分の力が恐《おそ》ろしかったのかもしれない。それがこんな形で『敵』に助けられて、どこかホッとしたというのは、なんとなくわかる。だとしたら、実はたんなるラッキーだなんて黙《だま》っていたほうがよさそうだ。

「で、どうするの？」

と、猛丸。

「どうって？」

「キミを殺そうとしたオレを、どうするつもりかってきいてるんだよ」

「……どうもしないさ。できないだろ、だいいち」

警察につきだして、超能力《ちょうのうりょく》で殺そうとしたんです、なんていっても笑われるだけだ。

それに、僕《ぼく》はすこしも猛丸が憎《にく》いと思っていない。

もう闘《たたか》いは終わったんだし。

でも……。

「……ねえ、猛丸くん。きいていいかな？」

「なにを？」

「これからどうするつもりなんだい？　やっぱり『グリーンハウス』に帰るの？」

「……他《ほか》に行くところなんか、ないから」

「両親のところは？」

「帰りたくない。むこうだって、帰ってきてほしくないはずだよ、きっと」

「どうして？」

「……オレのこと、頭のイカレた『かわいそうな子』だって、思ってるもん」

どういう意味だろう。

そういえばさっき彼《かれ》は『かわいそう』という言葉に反応して、怒《いか》りを爆発《ばくはつ》させた。

「オレが、イジメのリーダーだったやつを線路に突《つ》き落《お》としたってことで、施設《しせつ》に送られてたって話はしたよね？」

「うん。ほんとうは、突き落としたんじゃなくてサイコキネシスのはじまりだったんだよね？」

「でも、誰《だれ》も信じてくれなかったよ。駅員も友達も、警察も……母親さえもね」

「お母さんも……？」

「うち、オレがちっちゃいころからずっと両親の仲が悪くて。それがつらくって、オレ、なんか食べ物がのどを通らなくなって医者に拒食症《きょしょくしょう》とかっていわれたり、イジメのこともあって学校をサボったりさ。イジメてたやつらにいわれて何十万も家の金持ちだしたことも、1度や2度じゃなかった。ずいぶん迷惑《めいわく》かけてたんだよ、母親には……だから、あれがトドメだったんだろうな……」

「…………」

「警察に面会にきたとき、あのひと……オレのこと、なんか引いた目で見て、ひとこと……『かわいそうな子』って……」

そんな話をしながら、猛丸は鼻をすすって、ぬぐうこともできないまま涙《なみだ》で顔をぐしゃぐしゃにした。

僕《ぼく》も、もらい泣きしそうだった。

でもがまんした。

彼《かれ》のためにがまんして、僕はいった。

「あのさ、僕、姉さんがふたりいるんだけど、あいつら僕にヒデーことというんだよね。なんていうと思う?」

「……わからない……なに?」

「ウンチのベンチだって。あはは。意味わかる?　運動オンチの勉強オンチってこと。まあたしかに、どっちもデキのいい姉さんたちとちがって、下から数えたほうが早いことは事実なんだけどさ。姉さんたちだけじゃないよ、母さんもヒデーんだ。僕《ぼく》が大きらいだってわかってるタマネギを、わざと大量にくわそうとして、いろんな料理にいれるんだよ。どう思う？　これ」

「……きらわれてるってこと？　キミも家族に……」

「そうじゃないと、僕は思うんだよね」

「え？」

「だってさ、下の姉さんは僕が小学校のころにいつまでも逆上がりができないでいたら、学校じゅうの期待をあつめてる自分の体操部の練習サボってまで、毎日のように公園で鉄棒教えてくれたんだぜ。上の姉さんなんか、僕が中学受験のとき、こづかいももらわずに家庭教師をしてくれたんだ。そのせいで姉さん、自分の大学受験で失敗して1年浪人《ろうにん》しちゃったのに、僕が中学受験で私立全滅《ぜんめつ》したのに責任感じて、高校受験はまかせろなんて、今からはりきってる」

「…………」

猛丸は、泣くのをやめて、僕の話に耳をかたむけている。

さらに僕はつづけた。

「母さんにしたって、僕の食べるものにタマネギいれたがる理由は、なんとなくわかるんだ。あのひと、たぶん学校できいたんだよ。僕《ぼく》がタマネギが食えないせいで給食をときどき残してるってこと。母さんくらいの世代って、給食残すヤツはぜったいに先生が許さずに、残さず食べるまで居残りさせられたんだって。だからきっと、心配なんじゃないかな。このままじゃイジメられるんじゃないかってさ。それで慣れさせようとしてるんだよ。うん。きっとそうにちがいないな。まちがいない。ぜったいそう」

自分にいいきかせるようにくり返す僕を見て、猛丸はクスッと笑《え》みをもらした。

僕は、彼《かれ》の笑いにつきあって、さらにおどけた身ぶりで人さし指を立てて、

「さて、そんな人たちだけど、ふだんはほんとひどいもんです。僕のことを目のカタキみたいにボロクソにいってくれます。そりゃあ、アッタマくるよ。キレるときだってある。キレてもなにもできないんだけどね。だけど……」

「…………」

「それが家族ってやつなのかもしれないって、思うんだ」

ほんとうの気持ちだった。

身を寄せるところもない僕とおなじくらいの年の少年たちに出会って、自分が人並みに幸せなんだってことを、カッコつけずに素直《すなお》に認めることができた気がする。

「……家族」

「そう、家族。キミの両親も、きっとおなじだよ。キミのことを見捨ててなんかいないと思う。ただちょっと、いろいろあってお母さんもつらかっただけなんじゃないかな?」

「…………」

「そう思ってみたら? で、一度帰ってみたらどうかな?」

「…………」

無言のまま、猛丸はまた涙《なみだ》をながした。

泣いてるのか笑ってるのかわからないような顔で。

そして、僕《ぼく》のほうを見ないでいった。

「翔くん……」

「なに?」

「キミ、いいやつだな。やっぱ、気に入ったよ」

「いやー、そうかな。あんまいわれたことないな。でも、『グリーンハウス』に一緒《いっしょ》にこいなんて、またいいださないでくれよ?」

「いわないさ。オレだって、もうもどらない」

「ほんとに？」

「ああ。ほんとだよ。そのかわりオレと……なんつーか、その……友達になってくれよな」

猛丸は照れくさそうにいった。

「もちろん！」

僕《ぼく》は、心からうなずいた。

ふと、人の気配を感じてあたりを見まわすと、幽体離脱《ゆうたいりだつ》してきた綾乃が、もらい泣きしながらこっちを見ていた。

僕たちを探しにきてくれたんだろう。

遠くで、パトカーのサイレンが鳴っていた。

ちょっとヤバいかも。こんなところを見つかったら、このボロ体育館を予定より早く解体しちゃったのが僕らだってバレちゃう。

早くここから逃《に》げたほうがいいよ、と綾乃が身ぶりでうったえる。

僕はうなずいて、身動きできずにいる猛丸をかかえあげながらいった。

「行こう。外で、みんなが待ってる」

床下《ゆかした》からはいでてきた僕《ぼく》の手をとって出迎《でむか》えたのは、条威だった。何もかもわかっているような笑顔《えがお》で僕を見ている。

「すごいね翔、やっぱキミって!」

綾乃が飼い犬みたいに抱《だ》きついてくる。

またまた誤解されてるみたい。

「ちぇーっ、とんでもねえ野郎《やろう》だぜ」

やっぱり海人も、この体育館を壊《こわ》したのが僕だと思ってる。

「そ、そんなことより、手を貸してくれよ」

と、僕。

ひきずってきた猛丸を、事情を説明して海人に手伝ってもらって、床下から引っぱりだす。

そのときにはもう、パトカーは赤い光がわかるくらいの距離《きょり》までせまっていた。

「おおい、翔! 無事か!」

気を失っている小龍《シャオロン》を背負って、灯山さんが走ってくる。

これで全員、そろったようだ。

警備員として学校にいる灯山さんはともかく、僕たちがここにいるのはまずい。

ともかくいったんは『校務員室』にもどって、それから猛丸と気を失っている小龍のために、救急車を呼ぶことになった。

大急ぎで、校務員室にもどる途中《とちゅう》で、条威は僕《ぼく》の肩《かた》をつかんでいった。

「久しぶりだね、翔」

眠《ねむ》っている条威にはずっと会っていたけれど、こうして顔を合わせるのは初めてのはずだった。

彼《かれ》がかすかに目をあけたときに、目を合わせたことがあるだけだ。

でも、なぜか僕の中にも懐《なつ》かしい気持ちがこみあげてきた。

ずっと昔に、きっと会っている。

それがいつで、どこで会ったのかもわからないまま、僕もこたえた。

「うん。久しぶり、条威」

条威はだまって微笑《ほほえ》んでいた。

昔からの友達のように。

その微笑みの『意味』がわかるのは、もっとずっと先のことだった。

薄暗《うすぐら》い会議室に、青い照明だけが灯《とも》されている。寒々しい青い光がこの部屋の照明としてえらばれた理由は、それが感情をおさえる効果があり、またマスクで隠《かく》した委員たちの顔をよりいっそう不明瞭《ふめいりょう》にしてくれるからだという。

警備のために窓の少ない『グリーンハウス』の中でも、窓のまったくないこの会議室はことに息苦しい。

生島荒太《あらた》は、その真ん中で『マスカレード』の委員たちの視線に囲まれて、まさに息をつまらせて立ちすくんでいた。

「——では、生島くん。逃走《とうそう》した4人の『野生種』たちを放置し、5人ものファーマーを置きざりにして退却《たいきゃく》した理由をきこう」

その言葉には、すでに処分は決まっているとでもいいたげなニュアンスがあった。

だが、生島は自分の処分が保留されるという確信があった。

「はい。まずひとつは、警察が呼ばれた可能性が高かったためです」

「そんなことは言い訳にならんな」

委員のひとりが声をあらげる。

「承知しております」

と、生島はつとめて平静をよそおった。

「――もちろん、大きな理由は他《ほか》にあります」

「なんだね？」

そうきいてきたのは所長の唐木《からき》だった。他の委員とちがって、マスクをしていない。

「彼《かれ》らのことを、しばらく泳がせる、つまり経過観察してみたいと考えたからであります」

「なぜ？」

所長が、身をのりだす。

「それは……我々の『計画』に必要不可欠なカテゴリ・ゼロが、あの4人と行動をともにしている可能性があるからです」

委員たちから、どよめきがあがった。

「カテゴリ・ゼロが他のサイキックたちに与《あた》える影響《えいきょう》は、2000年前のイエス・キリストと呼ばれた能力者と十二使徒の関係をみれば明らかです。いかがでしょう。しばらく、この生島に彼らの取《と》り扱《あつか》いをすべておまかせいただけないでしょうか？」

委員たちは、となり同士でコソコソと意見交換《こうかん》をはじめた。

頭越《あたまご》しにことを進めようとしている生島を、所長はぶぜんとにらみつけている。

生島は、笑いをこらえながら思っていた。

見ていろ、仮面をかぶった亡者《もうじゃ》どもめ。

そのうち、おまえら全員が吠《ほ》えづらをかくことになるのだ。

生島の中には、すでに『マスカレード』の作り上げたプランを根底からくつがえす野望が芽生えはじめていた。

カテゴリ・ゼロ。

その言葉が、生島の中でどんどん大きくふくらんでいく。

だが、まだ早い。

今すべきことは、新しいメンバーを『栽培種《さいばいしゅ》』の中から選定して、あの『五人』の元に送りこむことだ。

準備はちゃくちゃくと進んでいる。

その日は、近い……。

ふたたびプロローグ

学校での騒動《そうどう》から5日後、僕《ぼく》はハワイからもどった母さんと姉さんたちを、なにくわぬ顔でむかえた。

綾乃《あやの》や海人《カイト》や小龍《シャオロン》、そしてめざめた条威《ジョーイ》とついでに灯山《ひやま》さんまで泊《と》めて、毎日バカさわぎをした痕跡《こんせき》は、6人がかりできれいに片づけておいた。

母さんたちは、ブランドもののバッグや靴《くつ》でパンパンにふくらんだ『ABCストア』のキャスターバッグをひきずって、ごきげんそのものだった。

僕へのお土産《みやげ》は、タグ・ホイヤーのダイバーズウオッチだった。

それなりに値の張る土産だったけど、僕が頼《たの》んだわけではないし、僕の趣味《しゅみ》というわけでもない。じゃあなぜこんなものを買ってきたのか。

ねえ母さん、アイツにはこういうものでも持たせて、少しはアウトドアに気持ちを向かわせたほうがいいわよ——そうよ、姉さんのいうとおりよ、部屋にとじこもって人形いじりなんてのはそろそろ卒業させなきゃ——あら、いい考えね、じゃあこれを買っていってあげましょう、軽い荷物にもならないしね——なんて会話が目に浮《う》かぶようだ。

心配しなくても、これからは外にでかけることが増えると思うよ。

ただし、家族にはほんとうの理由を告げないで、だけどね。

どうせいったって信じてもらえないだろうし。

灯山さんがうまく処理してくれたおかげで、体育館の崩壊《ほうかい》と廊下《ろうか》のガラスの全壊は、そのとき局部的に巻きおこった竜巻《たつまき》のせいだということになった。

パトカーが3台もきたことも、そのときに校庭のすみの物置小屋で倒《たお》れていた怪《あや》しげな武装集団が5人も逮捕《たいほ》されたことも、なぜか新聞ざたにはならず、学校側に報告がいくことさえなかったようだ。

もしそれが、灯山さんの力によるものだとしたら、やっぱりあの人は中学校の雑用係だけではなさそうである。

虚脱《きょだつ》状態だった猛丸は、なにやら特別な病院に入院することになったようだ。

それも灯山さんのコネによるものだった。

退院したら猛丸は僕《ぼく》との約束どおり、両親の元にもどってくれるにちがいない。

家族だって、きっと彼《かれ》を探しているだろうし。

ファーマーが彼をまた連れもどそうとしないか、それが心配ではあるけれど、そのときは条威たちも、ぜったいに助けに行くといってる。

もちろん、僕も。

もっとも灯山さんは、猛丸のことは心配いらない、とやたら自信ありげにいってたけれど。

彼女は、僕たちの知らないうちにいろんなことを進めてくれているようだ。

中学の『校務員室』にいない日も多くなったし、携帯《けいたい》にどこからか秘密めいた電話がかかってくることもある。

やっぱりただ者じゃない。

いったいどこの何者なんだ、灯山晶《あきら》という人は。

灯山さんは、僕にいってた。

次は、こっちから敵を攻《せ》めにいく番なんだ、とかって。

どういう意味だろう。

また近々、とんでもない事件が起こるんだろうか。

ちょっと怖《こわ》い気がする。

ちなみに僕《ぼく》は、条威たちのあいだではやっぱりまだ、サイキックってことでとおってる。

なんでもわかっちゃう条威も、このことは信じてるから不思議だ。

僕も今さらいいだせないし、灯山さんにだけコッソリ白状したら、べつにそう思わせておけばいいじゃないか、だって。

お前が、あの４人と猛丸を救ったことはたしかなんだから、誇《ほこ》りをもてって。

そういう問題じゃないような気もするけど、まあいいか。

そうそう、もうひとつ、大きなニュースがあったんだ。

じつは、条威たちが、僕の通ってる中学に転校してくることになった。

なんでも条威が買った宝くじが何百万だかの大当たりで、近くに４人で住める一軒家《いっけんや》を借りたんだって。

もちろん条威は、予知能力で当たりそうな宝くじを狙《ねら》って買ったんだろうけど。

こういうの、インチキっていうのかな、やっぱ。

中学校では、小龍が1年生、条威と海人がとなりのクラス。

そして、綾乃は僕《ぼく》のクラスで、席はとなりになった。

セーラー服を着て、

「はじめまして」

なんてニッコリ笑う綾乃は、わざとらしいけど普通《ふつう》の中学生に見えた。

普通でないのは、クラスじゅうの男子から歓声《かんせい》があがるほど、彼女《かのじょ》がかわいかったことくらいかな。

なんだか、楽しくなりそうだ。

そんなことを考えていたら、また男子どもがどよめいた。

「おおっ、誰《だれ》だ、あれ？」

「ひゅーっ！」

なんだろうと思ってふりかえった。

戸口に、制服をきた少女が立っていた。

男子が声をあげたわけが、ひと目見てわかった。

彼女は、綾乃に負けずおとらずの美少女だったのだ。

「遅《おく》れてすみません、先生」

少女は、そういって笑顔《えがお》でペコリと頭をさげた。

「おお、キミ。待っていたよ、もうひとりは紹介《しょうかい》をすませてしまったんだ。さあ、教室にはいりなさい」

少女は、もう一度頭をさげて教壇《きょうだん》に向かった。

どうやら、うちのクラスの転校生は綾乃ひとりではなかったらしい。

実はこのあと、隣《となり》の条威たちの転校してきたクラスにも、いや、それ以外のすべてのクラスに別の転校生がくることになっていたのだ。

そして、この田舎《いなか》の平和な中学校に相次いで転校してきた少年・少女たちが、僕たちを悪夢のような『事件』へと誘《いざな》うことになるなんて、このときの僕《ぼく》はこれっぽっちも気づいていなかったのである。

次巻へつづく

あとがき

青樹佑夜《あおきゆうや》

はじめまして、読者のみなさん。

青樹佑夜です。

いや、ひょっとして漫画《まんが》『ゲットバッカーズ』を読んでおられる方だとしたら、私の作品を手にとるのは初めてではないかもしれませんね。でも、青樹佑夜という名前で私が書いた小説を読まれるのは、これが最初のはずです（じつはこれまでにも他《ほか》の名前で小説はいくつも書いていますが）。

私は自分では、本業は漫画原作者だと思っています。そんな私がなぜ漫画でなく小説を書くのか、そのわけを少しお話しさせてください。

みなさんは、先生やご両親に「漫画ばっかり読んでいないで、たまには本も読みなさい」といわれたことはありませんか？

私も、子供のころよく同じことをいわれました。実は小説などの本もわりと読んでいるほうだったのですが、漫画を読んでいるときにかぎって親にみられて、眉《まゆ》をひそめられたような気がします。でもめげずに読みつづけ、とうとうこうして、さんざん読むなといわれた漫画のお話作りを仕事にしてしまいました。

いまにして思えば、私の場合はまさに、漫画を読んでいたことが将来の職業の礎《いしずえ》となる『勉強』だったわけです。いや、そういうシニカルな意味でなくても、じっさいに私の知識の中には子供のころに読んだ漫画から得たものがたくさんあるんです。それらは、今でもとても役に立っているし、他人に話すとびっくりされるくらいによく覚えています。きっと、ワクワクしながら何度も読み返したからでしょう。

なんでも、勉強で無理やりつめこんだ知識というのは脳の側頭葉《そくとうよう》という場所にはいるのですぐに忘れてしまうけれど、楽しんで得た知識は前頭葉にはいるから、そう簡単には忘れないそうですよ。つまり漫画でもなんでもいいから面白《おもしろ》い書物に接することが、大人になっても忘れない知識を増やしていくコツなんです。

おっと、話がそれてしまいましたね。本題に戻しましょう。

両方に携《たずさ》わるようになってつくづく思うのですが、漫画と小説のどちらが優《すぐ》れているとか劣《おと》っているとか、どちらが面白いとかつまらないとか、ためになるとかならないとか、そんな比較をするのはまったく意味のないことです。どちらにも表現手段としてよい部分があって、いずれも捨てがたい魅力《みりょく》があります。面白かったりつまらなかったり、ためになったりならなかったりするのは、それが漫画だから、小説だからではありません。ジャンルではなく、その作品の出来不出来、志《こころざし》のあるなしによると思ってください。

書く立場からすると、漫画だからキャラクター重視で話はいいかげんでもいいとか、小説だから小難《こむずか》しくて面白くないものでもかまわないとか、そんな気持ちで接することはけっしてありません。どちらも、生き生きとしたキャラクター、読みやすくて楽しいストーリーをめざして書いていることに変わりはないのです。

にもかかわらず、みなさんが小説を読んで漫画より面白いと思うことは、きっと少ないのではありませんか?

なぜでしょう。私が思いつく理由はふたつあります。

ひとつは、やはり、若いみなさんが読みやすい小説というのは、まだまだ少ないということです。大人向けに書かれた小説では、表現や世界観が少しとっつきにくいのは否《いな》めません。

ふたつめの理由。実はこっちが大事なんです。

それは、若い読者のみなさんが、小説というものを読み慣れていないということです。

たとえばテレビゲームだって、あのコントローラーを使い慣れるまでは、なんとなく楽しめなかったでしょう。

それと同じことです。でも慣れてくるとゲームはやっぱり楽しいですよね。

同じように、小説だって楽しいんです。

ただちょっと、漫画みたいに絵で伝えられないですから、言葉によってかきたてられる想像力というのが必要になってきます。

少しだけがんばって読み通してみてください。若いみなさんなら、すぐに慣れるはずです。

ことにこの『サイコバスターズ』という作品は、思い切り漫画っぽく書いたつもりです。

漫画でも描《えが》けるような題材をあえてえらび、漫画さながらの映像的な描きっぷりで、漫画みたいな弾《はじ》けたキャラクターを縦横無尽《じゅうおうむじん》に遊ばせてみました。ややこしくて小難しい描写は大胆《だいたん》に切り捨てて、笑えるやりとりや、ちょっぴり泣けるシーンもいれてみました。

この作品を港にして、小説という、かぎりなく広くて波瀾万丈《はらんばんじょう》のエンターテインメントの海にこぎ出してみてください。そして、想像力という若いみなさんならではの長所を、もっともっと伸ばしてほしい。

そんな気持ちで、私はこのストーリーを、あえて小説という形で紡《つむ》ぎ出《だ》したのです。

この第一巻は、長い冒険物語のほんのプロローグです。まだまだ面白くなっていきますし、そうありたい、と本気で思っています。どうぞ、ご期待ください。

青樹佑夜　あおき　ゆうや

1962年、東京都生まれ。早稲田大学政治経済学部卒。複数のペンネームを使い分け、漫画原作、小説、テレビドラマシナリオなど、著作は多方面にわたる。青樹佑夜名での主な作品に、週刊少年マガジンに連載中の漫画『Get Backers―奪還屋―』（講談社）などがある。

画　**綾峰欄人**　あやみね　らんど

1974年、兵庫県生まれ。東京アニメーター学院卒業後、漫画『GTO』で人気を博した藤沢とおる氏のアシスタントに入り、『Get Backers―奪還屋―』で週刊少年マガジンより、デビュー。

装丁・城所潤（Jun Kidokoro Design）

YA! ENTERTAINMENT
サイコバスターズ①
青《あお》樹《き》佑《ゆう》夜《や》

2004年2月10日　第1刷発行

N.D.C.913 276P 20cm ISBN4-06-212230-8

発行者　野間佐和子
発行所　株式会社講談社
〒112-8001
東京都文京区音羽2-12-21
電話　出版部 03-5395-3535
販売部 03-5395-3625
業務部 03-5395-3615
印刷所　豊国印刷株式会社
製本所　大口製本印刷株式会社
本文データ制作　講談社プリプレス制作部A

活字力全開《フルパワー》

NO.6 #2
あさのあつこ

2017年の理想都市の外側にある「西ブロック」。そこで紫苑《しおん》を待っていたのは……。疾走する近未来サバイバル小説第2弾!

4-06-212229-4

NO.6 #1
あさのあつこ

2013年の理想都市「NO.6」。12歳の誕生日、「ネズミ」と名乗る少年と出会ったことから、紫苑《しおん》の人生は変わりはじめる!

4-06-212065-8

都会《まち》のトム&ソーヤ①
はやみねかおる

頭脳明晰な創也《そうや》と雑学知識豊富な内人《ないと》。都市を舞台に、謎のゲームクリエイターをさがす、中学生コンビの新・冒険記!

4-06-212063-1

満月を忘れるな!
風野潮

満月の夜にはなにかが起きる!　平凡な中学生・敏《びん》には、人にいえない秘密があった。猫と人間のはざまに揺れる彼の宿命の行方!

4-06-212064-X

最新KC《コミックス》24巻
2月17日発売!!
KC累計
1100万部
突破
既刊KC1～23巻も
大好評発売中!!
24
GetBackers《ゲットバッカーズ》
奪還屋
原作 青樹佑夜 漫画 綾峰欄人